在路上

陈雪梅 著

黑龙江人民出版社

图书在版编目（CIP）数据

在路上 / 陈雪梅著. ——哈尔滨：黑龙江人民出版社，2019.1（2021.3 重印）
ISBN 978－7－207－11596－6

Ⅰ.①在… Ⅱ.①陈… Ⅲ.①散文集－中国－当代 Ⅳ.①I267

中国版本图书馆 CIP 数据核字（2019）第 019934 号

责任编辑：夏晓平
封面设计：刘春岩

书　　名	在路上	
作　　者	陈雪梅	

出版发行 黑龙江人民出版社
　　地址 哈尔滨市南岗宣庆小区 1 号楼（150008）
　　网址 www.longpress.com

印　　刷	三河市华东印刷有限公司
开　　本	880mm×1230mm　1/32
字　　数	170 千字
印　　张	8.5
版　　次	2019 年 3 月第 1 版　2021 年 3 月第 2 次印刷
书　　号	ISBN 978－7－207－11596－6
定　　价	38.00 元

版权所有　侵权必究　　　举报电话（0451）82308054
法顾顾问　北京市大成律师事务所哈尔滨分所律师赵学利、赵景波

红梅映雪溢美文

——陈雪梅散文集序

广袤的黑土地上空,灿然升起了一颗闪亮的文坛新星,龙江县文学新秀女作家陈雪梅,脱颖而出,崭然崛起。

以上是我披览陈雪梅散文作品之后,得出的一个印象和联想。

当下,我也算年事已高,我虽然曾为许多作家的文集作序,不久前已经宣布"罢序"封笔。但是这部陈雪梅散文集书稿,通过我的挚友李贵先生送到了我的手中,他热情地推荐,让我为其作序,十分恳切热诚。盛情难却,不能谢绝,我只能从命,只能写下不算是序言的"读后感"、"学习心得"耳。

我读完《在路上》全部书稿,耳目一新,感受颇深。被书稿中哲思睿智的语言、清新淡雅的文风和朴质动人的情怀深深地感动着,字里行间充满了浓郁的乡土气息,乡情、亲情、爱情、爱党情、爱国情,颇具鲜明的地域特色,生活气息扑脸,作品既有思想的高度,又有艺术的亮度,感染力的温度。

　　作者生活在基层,对农村生活熟悉,她的创作从生活出发,有感而发,抒发真情实感,所思所想,所见所闻,从生活中发现真善美,走笔歌颂真善美,鞭挞假丑恶。陈雪梅的作品,讲的是中国故事,发出的是中国好声音,就是弘扬时代主旋律正能量的纯文学作品。人们说"散文是文学的轻骑队","散文是时代的回音壁",我感到陈雪梅的散文作品就起到了这样的艺术效果。近来"乡土文学"是个热词,从这个角度来说,说陈雪梅的作品是"乡土散文",也不无道理。习近平总书记曾语重心长地说:"艺术可以放飞想象的翅膀,但一定要脚踩坚实的大地,艺术创作方法有一百条,一千条,但最根本最关键最牢靠的办法是扎根人民,扎根生活,走入生活,贴近人民,是艺术创作的基本态度,以高于生活的标准来提炼生活,是艺术创作的基本能力。文艺工作者既要有这样的态度,也要有这样的能力。"

　　"坚持以人民为中心的创作导向,把艺术理想融入党和人民事业之中,做到胸中有大义,心里有人民,肩头有责任,笔下有乾坤"。

　　散文是一切文学的基础,是一个作家的基本功,是一种最方便最自由的文学形式,铁凝说:"最能磨砺

一个作家的语言的,恰是散文。因此无论我今后还会写多少小说,也不会放弃对散文的追求。"(铁凝致季涤尘书信)

我很欣赏陈雪梅对散文的追求和她的基本功,从她的"乡土散文"作品可以窥见她文学功底的过硬,德艺双馨的修养。文学功底的过硬和修养就是搞创作人常说的"三大件":第一是思想,第二是生活,第三是技巧。三者缺一不可,互相制约,息息相关。作者坚持正确的创作方向,书写真善美,"意为主,气为辅",在注意思想内容的前提下,也要注意文学语言的运用,驾驭好标准的母语,不用华丽辞藻,以朴素的口语表达,就像老舍先生所说"把大白话炖出味道来"。力求做到文风质朴自然,"最高技巧无技巧",蜜成花不见,不留一点斧凿痕迹。陈雪梅正是照此目标,孜孜以求,并做出了可喜的成绩。

书中有些文章给我很深的印象,例如《靠改革焕发生机》一文,作者到生活底层采风,深受感动的是那个县的白铁社,依靠改革开放的东风,使其发展成为一个现代化新型企业,发展成为"龙江牌"名优产品,名扬天下,"换了人间"。还有的文章,写到了科学种田新的发展,"搞覆膜种植",农村现代化建设新成就,描绘出农村新变化,新景象,新理念,这些活在人们身边的动人故事,给读者以耳目一新的获得感。正如作者抒情所说:"秋,农人的企盼,春是序曲,夏的高歌,只等冬的合唱。"

陈雪梅散文是美文,是春夏秋冬四季抒情曲,充满了深情和诗意,悦耳而又动听。

我还很欣赏陈雪梅的"游记散文"。一个作家不能孤陋寡闻,应该读万卷书,行万里路,走学者化的道路。陈雪梅扎根故乡,却又游历过许多都会名胜古迹风景区,视野开阔,阅历丰富。她到祖国各地不只是旅游,而是采风走笔。边走,边看,边写,哈尔滨—天津—长春—济南—潍坊—乌兰浩特—北京等地,所到之处都写出了一篇篇诗情画意的"游记散文",如《津门掠影》《走马观花道台府》《长春一瞥》《走进十笏园》等节,都收录在本集子内。

秦牧先生写一首旅游诗:

"谁人不羡徐霞客,
僧舍驿站都是家。
游遍真峰和丽水,
豪情满腹笔生花。"

陈雪梅是这般的思维敏捷,又勤奋不已,于是"豪情满腹笔生落","游记散文"在她笔下一发而不可收,真是难能可贵,值得称赞。

我也很欣赏这位女作家文笔的细腻,从而使我想起了鲁迅先生对萧红作品的评论:"女性作者的细致的观察和越轨的笔致,又增加了不少明丽和新鲜。"

从萧红到陈雪梅的笔调,不无承先启后,异曲同工之妙。

《在路上》所选散文都有相当的可读性,有欣赏价值,不言而喻。然而它的艺术水准还不很平衡,个别篇章伤于冗长,稍嫌芜杂,只是就事论事的叙述说明,缺少强烈一些的哲理抒情之笔的发挥,当然这不影响全局,瑕不掩瑜。艺术散文切忌罗列事物现象,堆砌辞藻。一定要牢记鲁迅先生告诫的话:"选材要严,开掘要深","写完后至少看两遍,竭力将可有可无的字、句段删去,毫不可惜。"我们应该提倡写精短散文,呼吁让散文短些再短些,精炼些再精炼些,创新再创新些,让散文从高原向散文高峰进发,再进发!我想陈雪梅正奋力向着这一远大目标,探索前进。我也坚信,在未来的日子里,陈雪梅笔下的美文之花,会盛开的更加鲜艳多姿,"欲穷千里目,更上一层楼"。

此刻,我愿意以下面两句话中的后一句话,作为本序言起目:

龙江人杰涌诗篇

红梅映雪溢美文

聊以祝贺陈雪梅散文集《在路上》的出版问世。是为序。

门瑞瑜 于2017年国庆节长假次日

（门瑞瑜，中国作家协会会员、中国散文学会理事、黑龙江省作家协会散文创作委员会会长，曾任《北方文学》杂志副编审，黑龙江大学、哈尔滨工业大学兼职教授）

目录 CONTENTS

亲情留存

姥姥的臭米面蒸饺	/003
暖	/007
与父母过重阳节	/010
浅色的年,深色的记忆	/013
父亲的纪念日	/015
增肥路上	/020
写给母亲和她的儿女们	/023
无奈的借宿	/026
送亲	/029
与渐老的父母换角色	/034
春天,我走在秋日的私语里	/037
风雨同行暖阳下	/041
拔牙记	/045
春光乍暖	/049
大姨的戒烟日	/051

春之殇	/054
我的爸爸我的爹	/056

边走边看

又见大海	/063
美丽的绽放	/067
在路上	/070
酷暑故宫行	/073
王府井之夜	/078
漫游大栅栏	/081
津门掠影	/084
探寻格格府	/087
红叶谷品秋	/090
走马观花道台府	/093
长春一瞥	/096
寻找春天	/100
邂逅荷	/102
走过路过看济南	/105
走进十笏园	/110
杨家埠民俗文化村	/115
沂蒙老区见闻	/119
美丽的青岛美丽的心情	/124
又见枫叶红	/128

人生随感

歌者·诗者·舞者	/135
难忘的国庆演出	/139
秋味	/143
暖雪	/145
手机带来的烦恼	/148
岁末偶感	/151
从雷锋日记解读雷锋	/153
心洞	/157
莫等待	/160
2013年春天的期盼	/162
淡看人生	/164
情缘	/166
一生的情人	/169
你的花田有荷开	/172
目标与幸福	/174
2015 我来了	/176
半个世纪的等待	/179
写在岁末年初	/182
遭遇更年期	/185
致敬,绽放	/188
遥远让记忆清晰	/191

乡土记忆

中国人的年	/195
乡村记忆	/198
秋收片段,繁华一场	/203
端午情思	/205
秋游济沁河	/208
松林这片独好	/212
踏秋	/215
喜见龙江杜鹃红	/219
初夏近郊行	/223
芍药花开	/227
秋登火台山	/230
没有蒲公英的春天	/233
初夏,在水岸	/236
醉在朝阳山	/239
靠改革焕发生机	/243
到群众中去看群众路线工作法	/247
色利村的多彩梦	/252
后记	/255

亲情留存

在如水的亲情里，
过滤纷繁；
在如巢的亲情间，
搭建温暖；
留存这叶不歇的扁舟，
永久地摆渡我生命的渡口。

姥姥的臭米面蒸饺

那个寒假,冷得出奇,雪也少有的大。巴掌大的雪片子,在鸣嗷的大风中,飘了一天一夜。喧喧的雪,一尺多厚。西北风跟倔驴似地,满院子乱窜,弄得雪片也有缝就钻。姥姥怕我出去冻着,说啥也不让我下炕。趴在窗前看翻飞的雪,烟□□的,我就觉着空落、想家。姥姥知道我不像姐姐和大弟弟他俩每年寒暑假都来,不常住姥家的我会想家。就把火炕烧得热热的,把埋着苞米瓢子的火盆放在窗台上,火盆里放几个土豆,不大会儿工夫,就给我扒拉出来一个煨熟的土豆来。扒拉出来一个,姥姥就用指节都变形的小手给我扒土豆皮,只三两下,就扯下了一个土豆的皮。白胖胖的土豆,散着热气就传到了我的手里。姥姥则转身下炕,到外屋的碗架柜里端出来没有冰碴的碎咸菜给我。见我细嫩的手倒来倒去的,姥姥就说:"烫手了吧?来,姥姥给你拿着,你吃。"我一边啃着姥姥手里的土豆,一边用手抓一两条咸菜放到嘴里就着吃。坐在热乎乎的炕上,吃着热乎乎的土豆,忙乎着和姥姥再埋土豆再扒土豆,想家的事也就忘到脑后了。

雪后的第一个早上晴天。我是被扫雪回来的姥爷咳嗽声惊醒的。睁开眼,达斡尔族人特有的木格窗缝里,有几缕阳光挤进来,稀疏地斜织着,打在我暖暖的被窝和暗淡的土墙上。光线有些细,但很强。我眯起眼睛,金光中有细尘精灵一样兴奋地舞蹈,我的心也跟着欢跃,麻利地起来穿衣。推门进来的姥姥见我穿衣服,站在炕沿前帮我系扣子,姥姥和我几乎是身贴着身,她身上散发着的浓浓的炊烟的味道,格外的亲切。我洗完脸,炕桌上姥姥熬的香喷喷的小米粥味,便满屋游荡了。

雪后的院子,已经在姥爷的扫帚下变得清爽。我很后悔自己起的太晚,没了雪地,没了雪地上黄狗和花公鸡的足画。我的天堂,只有在敞开着栅栏门的菜园子里。那里有姥爷堆起的雪堆,有蹦跳的麻雀,有蹒跚在雪地的鹅鸭。我自打八岁那年被鹅"拧"过,我特别怕鹅伸脖子,见鹅哪怕它不伸脖子,我也是躲着的。但鸭子我不怕,我喜欢鸭子的憨态。不管多瘦的鸭子,看上去都很敦实。它走路本就一歪一扭的,走在雪地里,一拽一拽的,好玩极了。它在前面拽,我就在后面撵,看它踉跄几乎滚倒的样子,我就笑个不停,继续撵。姥姥怕我有冻伤的脚受不了雪后的冷,边嚷着别再冻了脚边拖我进屋。把我□上炕,姥姥就笑眯眯地把炕桌推到炕梢,从外屋端出一盆酸菜馅和一盆黄面。我见姥姥笑,就过去问姥姥:"是不是咱要吃好吃的?"姥姥说:"是啊,包饺子。"我很纳闷:"怎么黄米面还能包饺子啊?"姥姥说:"这不是黄米面,这是臭米面,咱晌午吃臭米面蒸饺。""面里和什么了?还能变臭味?有臭味还能好吃?"我开始碎碎念。姥姥只顾忙着屋里屋外取擀面杖和盖帘,不回答我。姥爷则闷声脱鞋上炕,骈腿坐在炕桌旁和面。当生产队长的姥爷话极少,表情也总是不晴不阴的,我不太敢和姥爷说话,看他和姥姥干活,我就趴窗台看院子里觅食的麻雀。

开始我用手掐玻璃上的冰凌花,可很快,阳光下的冰凌花,就化得差不多了。索然没趣的我就看姥姥姥爷包饺子。姥爷把臭面用擀面杖擀成一张薄薄的饼，然后拿一个饭碗，碗口朝下，手举起碗向下一扣，一个圆圆的面饼就印在那大张薄饼上了。姥爷就像画师一样，抬手向下，一个挨一个地扣，那张和桌子般大小的面饼上，就有了一个又一个圆，排得密密麻麻的。这连贯的动作和画一样的面皮磁石一样地吸引着我，我凑过去，歪着头看姥爷的脸。姥爷看出了我的心思，把碗交到了我手里。怀着好奇和神圣，我拿碗的手有点抖。半天才憋着一口气，高高举起饭碗，在剩下的没有圆圈的面饼上扣了一下。或许是我用力过猛，或许是手不稳，我扣出的饼的圆外被碾出一个豁口，我害怕姥爷的责怪。边用小手捂着面饼，边回头看姥爷的脸。让我惊奇的是，我居然看到身后的姥爷在笑。浓密的眉毛弯弯的，露出的牙齿也在那撮浓黑胡子下，显得格外的白。

我真不敢恭维那将苞米碴子发酵沤酸臭打成的面做出的吃食，即使是包着肉馅的蒸饺。现在还能回味起那味道来：面微臭且酸，吃到嘴里，夺了馅儿的风头，馅儿里的肉啊、葱啊、姜啊的，都被臭米面的味湮没了。记得当时我只吃了半个臭米面蒸饺，就怎么也咽不下去了。姥姥和姥爷疑惑的眼神，现在我还能清晰地回想起来。至今我也不知道，是什么样的风俗和什么样的饮食文化，让许多人喜欢吃这种食物。当下，饮食多元化，吃法猎奇翻新，把臭米面当做传统风味主打主食的饭店很火。每每在饭店吃饭，有人叫上臭米面的酸汤子，我也是从不吃一口的。文友敏捷姐姐很喜欢吃，也曾向我描述过味道和口感，但我仍心有余悸于那个寒假姥姥家臭米面蒸饺的味道，一直没再尝试品尝过臭米面食品。

24年前的正月初五,姥姥在大姨家的土炕上走完了她78岁的人生。姥姥走时,我在身边。那是我人生第一次亲历生离死别,但不知道为什么,我没有为严重肺心病姥姥的离去而过分悲伤。倒觉得姥姥这样安然地睡去,少了整夜咳不能寐、喘不能卧的折磨。那夜,伴着和姥姥身上特有的炊烟味道一样的冥纸草灰味,我一夜未眠。模糊中,供桌上插着香的金灿灿的米,变成了那日我咬了半块的臭米面蒸饺……

2011.12.18

暖

父亲性格耿直、倔强在亲友和同事中是出了名的，大概是年轻轻就被打成右派心里有阴影，他偏执的"左倾"性格也特别明显，以至于爷爷临终前还常常跟我抱怨，我活到90岁了，也没见过比你爸还犟的死教条人。耿直教条，我不认为是性格缺陷，倒不是我继承了父亲这个性格就肯定它的好，而是觉得做人厚道正直是立人之本，为人做事有板有眼、有规有矩是良好的生活态度。至于厚黑学抑或交际学，毕竟是官场或商界精英们用以维系地位的必修课，我等平民百姓费脑筋学习掌握了也没有施展舞台，莫不如直爽坦率让自己活得轻松自在，恬淡中的真我倒也清新自如。

父亲的性格，使他的父爱埋得很深。我记忆里童年的父爱，就是考试后父亲问分数，分数理想，他不鼓励也不表扬。偶尔分数低了，他也不多言，像提小鸡样拉过我，按在炕上拳脚相加。记忆里青年时的父爱，是我落榜后，他在一次吃饭时，眼睛看都不看我说了一句，再去复读吧，考出去才有希望。毕业工作后，父亲最大的心愿就是我能嫁出去。那时父亲落实政策工作就地安排在他下放的畜牧场，单位在乡下，父亲一两周才回家一次。回来也忙这忙那的，只有吃饭时一家人才会安静地坐在一起。父亲端起饭碗只要视线落在我的身上，总是那一句，怎么就嫁不出去？不会臭到家烂到家吧？很长一段时间，我特别害怕和父亲一起吃饭。父亲的这句话，在我脑子里回荡再回荡，撞得心跟着疼。那几年，我常常在深夜里用眼泪止疼。父亲和父爱，成了我眼泪的专属。以至于我做婚礼司仪或者参加婚礼时，每每看到新娘的父亲挽着女儿步入婚礼殿堂，将女儿的手交到女婿手上千叮咛万嘱咐的情形，我都会哽咽好久好久。

　　结婚后，生活中只要有不如意，我心里就对父亲会生出隐隐的怨，怪他赶我出家门，让我草草嫁人。这心结系的很死。爷爷奶奶在世时，我一周要去父母家两三次甚至更多，但我去只是打扫卫生做家务，陪爷爷奶奶聊天，从不住娘家。爷爷奶奶走后，我每周也至少带女儿去一次父母家，只是给他们带些吃的用的，帮他们做家务，无论遇雨遇雪，也从不在他家过夜。一次回家，母亲说她发现了父亲年轻时写给女朋友的信，很深情。那晚回家，我一夜未眠。我悲哀着父亲的悲哀：人生最好的年华，父亲失去了工作，没有了爱情，不但要接受强体力劳动时五谷不分被人讥笑，还要接受娶个农妇做妻子的现实。我的出生，重男轻女的父亲不但失望，而且彻底绝望了。他有了孩子，他必须接受一辈子这样开始并继续他没有理想的人生。父亲第一个孩子的我，就是他失望与绝望的载体。难怪母亲常说，小时候你整夜的哭，你爸就整夜的喊。一个做了父亲的大男人，能在深夜里和着女儿的哭声喊叫，那时的父亲是何等的悲哀与绝望啊！我为自己太晚理解父亲而深深自责。那一夜，我用懊悔的眼泪打开了与父亲的心结。

　　从那以后，即使父亲曲解我的好意，话语尖刻，哪怕是我陪护他的深夜里，不满我给他穿脱光的衣服，高举凳子砸向我，我都没有丝毫的痛。不仅是同情父亲命运的不幸，更是对垂暮之年他无奈又无助的心疼。

父亲患脑出血两年多来，小脑萎缩也日渐严重，生活原本就不能自理，再加上常常意识模糊，我与父亲多半停留在浅交流状态。有时他指甲里有污垢了，我就边剪指甲边对他说，你看你指甲，多粑粑。父亲就笑。有时我给他买药买衣服，妈把钱给他，让他把钱给我，我说这钱太少了，不够，我不要。他就会含糊不清地说，先拿着，再说。我就学他前些年的语气说，拍着他大腿说，这辈子说啥都行，就别跟我提钱，我就没钱。他就笑。我喜欢父亲这样的笑，不掺杂思想的笑。

这两年多，不管保姆在还是不在，只要没有极特殊情况，我每晚都去父母家打扫卫生，给父亲按摩。整日卧床的父亲体力渐衰，连扶他站起来都很费劲。不但呼吸急促，全身哆嗦，人也摇晃着。每每我扶他，俩人面对面站立时，我都躲避他无助的眼神，我含着眼泪哄他："爸，咱是党员，要坚强。"被党打成"右派"又被党接纳为党员的父亲，特别看重党员的身份，每次我这样说，父亲就会下意识挺挺腰身。给父亲泡脚、掏耳朵、剪指甲、理发，跟他说笑话或念一小段报纸也变成我和父亲的日常生活。时间长了，父亲小孩子一样对我越来越依恋。

今冬开始，每晚我去，他都双手攥着拳头，伸出两个大拇指跟我问好，然后拍他身边很窄的一块地方让我坐。只要我贴着他身体坐下来，他就会双手握着我的手，摩挲又摩挲。我抽出来，他就会把我的手按到自己的膝盖上，用两只手交替着在我的手上摩挲着。没有语言，只有轻轻的抚摸。

我享受着父亲抚摸。暖从十指涌遍全身。我不知道，我还可以享受到多久父亲这样的抚摸，但我知道，来自父亲的暖是恒久的。

2015.11.29

与父母过重阳节

　　九九又重阳。九月初九,这个中国的老人节,已经被政府确认二十多年了。然而,我从没在这个节日里,带着我的爷爷奶奶或者父母出游赏景、登高远眺或观赏菊花、饮菊花酒,更不知道重阳糕为何物。除了元旦春节,再就是母亲节、父亲节抑或是父母的生日,才算是我们与父母有关系的节日。生活让我们每天在阳光下奔走,在睡梦中挣扎,抬头迎风雨,低头过日子。行进中似乎只有在感受到亲情的时候,才能记起节日这两个字。如果不是今年这个重阳节,未来的我仍然不会记得这个与父母与老人与亲情有关的节日。

　　亲情是暮色中母亲那一双祈盼的眼睛,是父亲轻声的叮咛;亲情是孟郊诗中的"慈母线",是朱自清笔下的"背影";亲情是母亲白发绘就的风景,是父亲谆谆教诲的深情。几十年来,不论承受多大的压力和痛苦,不管经受多大的磨难和委屈,只要想到父母那双眼睛,暗夜不会觉得黑,寒夜不会觉得冷。我们因父母而变得温暖幸福,父母却因为我们这些雏燕的离巢而变得凄凉孤独。总是把餐桌盘子里好吃的夹给我的父母,冬夜早早把我们被窝焐暖的父母,为让我们在外读书不吃苦不遭罪自己却粗茶淡饭奔波在加班加点路上的父母,如今在概念上却和我不是一家人了。我们每每想到父母,都会说,去他家看看。他家,那个曾经我的家,离我一点点远了。对父母的关注，也在自己经营小家小世界的时候，变得越来越少了。那曾经给予我们生命的、含辛茹苦把我们养大的我的父母，如今陪在他们身边的却是邻居阿姨或者大伯，了解父母起居、生活喜好的，是整日与父母在一起散步聊天的小区老人。

这个重阳节的早上，母亲来电话说从北京回来的大姑和姑父要来看父亲。大姑和姑父都是年近古稀的老人，他们对爷爷奶奶的孝道、对叔叔姑姑及晚辈的关心、牵挂和帮助，十分令我敬重。更重要的是大姑是我生命里比我父母还亲的老人，这不仅是在我求学期间生活最艰难的时候他们大老远带着吃食和钱去看我，更在于他们用关爱和呵护传递给我的亲情让我感到由衷的温暖。我匆匆赶往母亲家，还没上楼，单位打来电话让去加班。国庆节加班，是有重要的工作，我不好推辞，答应见到姑姑聊会儿就去单位。

大姑和姑父是红着眼睛敲开母亲家房门的，跟在他们身后的是我蹒跚的父亲。大姑说，她在楼下的街上，老远就看着一个满头白发的老人在路上一步步向前挪行，她怎么也没想她的哥哥会老成这样：说句话半天反应不过来，连走路都靠拐棍了。同样满头白发的大姑，就那样拉着她的兄长，像搀扶小孩一样，把他扶到卧室床边坐下。兄妹好久没见却没有寒暄，噙着眼泪的大姑拉着她兄长的手，听母亲讲父亲常常一个人走失大半天找不到家，讲父亲拿着手机发愣不接我们打给他的电话，讲父亲如何孩子般天真地被卖肉的或做理疗的欺骗，讲父亲怎么样的丢三落四——不是忘了关水龙头就是出门忘穿外套或者不带钥匙……大姑哽咽着：老了，我们都老了。接着她便像爷爷四年前活着的时候嘱咐父亲一样嘱咐她的兄长:注意冷暖,好好吃饭,要多吃水果,下楼注意安全,街上走路小心……被这温情感染着,我心里也潮湿了一大片。擦出一把眼泪的我,打算给同事打电话征求一下意见,看事情是否可以缓到下午做。电话刚通,同事就和我说:"你上午别出来了,今天是重阳节,我马上要去我爸妈家给他们过老人节了。"过重阳节?这些年我不但没给活到九十多岁的爷爷奶奶过过重阳节,也没给已过古稀之年的父母过过重阳节!愧疚掺杂着兴奋,我手机还没来得及挂断就拽着妈妈说:"今天居然是重阳节!咱们一起过节,一会再加两个菜,我给你们过节!"

　　其实,姑姑和姑父也不知道今天是重阳节。他们起大早坐火车赶过来看他们的兄长,只是挂念而与节日无关。而我,也只是借看姑姑姑父而多来一次父母家,也与这重阳节无关。冥冥中的偶然,竟让我有生以来第一次和四位亲人一起过重阳节。中午,我们的餐桌虽然比不上酒店的丰盛,但因了这个节日,午餐变得很隆重。秋,还是满眼凋零的秋,但却因我们的相聚,冷秋变得无比灿烂温暖。

2011.10.6

浅色的年，深色的记忆

医院是一个别离的驿站，离别病痛或者离别世界。脑出血的父亲被24小时监护、输液，陪着他在这个驿站里的我们一家人，患喜患忧地熬过一天又一天。时间是人生的脚步，它从不顾及岁月这个知己是否愿意走远，就那么不经意地走着，直到把我们一家人带进了除夕夜。

今年的除夕夜，我是和父母姐弟在父亲的病房里度过的。病房门口没有对联、福字，病房的窗户也没有贴窗花，除了白色的墙就是白色的床单。年在病房里失去了颜色。浅色的年里，菜不丰，酒不酽。饭后我们一家人围坐在父亲的病床前，让亲情在薄凉的时光中穿梭着，炽热得劈啪作响，胜过了窗外炸响的鞭炮和礼花。

午夜走在回家的路上，仍有稀稀落落的鞭炮声传来，深邃的夜空仍有礼花绽放着。又一个春天，在这隆重的欢迎仪式中款款而来，谁又能说跟着年来的春天不够缤纷不够多彩呢。

回到家，时钟已经指过1点，我们一家三口没再开电视机，关了手机草草洗漱休息了。躺在温暖的床上，疲惫的我却失眠了。半个月来和父亲在一起的记忆都鲜活起来——早上到病房，边脱衣服边问父亲：我是谁？常常他睁开眼睛，空洞的眼神死盯着天棚，他含糊不清地说"我忘了"。我就不厌其烦地说，我是雪梅，你记住了。他就会孩子一样重复着叫两遍我的名字,然后便死死地抓住我的手闭上眼睛。他常常会把妈妈当成我,会把我当成他的妹妹,会把他的妹妹当成孙女。然而,不管他怎么不清醒,只要说老敬来了,他都会随口说敬桂芬,万岁。这两年父亲每年要住三五次医院,每次都是母亲一整天陪护。出院后,患小脑萎缩的父亲总是记不清什么时间该吃哪种药。什么时间吃药、吃多大剂量,都是母亲亲手喂他。每每父亲都会玩笑地说老敬万岁。在父亲这个老小孩的眼里,母亲是他最贴心的最离不开的人……

这个除夕的夜晚,我辗转怎么也无法入睡。想起偶尔一天,父亲会叫出来看他的某位几年不见的老朋友名字,想起父亲偶尔在我们的引导下,数出10个数,我们一家人含泪的笑眼;想起父亲在我们提示下,背诵出一首完整的七言绝句五言律诗,我们不约而同的掌声;想起喂饭时给他擦嘴角他孩子般望着我的眼神;想起他痛苦的呻吟和呼喊……

我的失眠,没能阻挡住新年的到来。

正月初八,度过21天危险期的父亲出院了。当日,公公因脑血栓住进了齐齐哈尔铁路医院。

元宵节,算是年这台大戏的又一个高潮。晚饭后,我和女儿给从市里转回县城住院的公公送饭。陪着他在窗外礼花漫天的病房里吃完饭,穿过裹挟着鞭炮声人头攒动的人流,我和女儿按惯例去我妈家,给父亲擦洗、按摩。

平日如银的街灯,今日在礼花的映衬下十分暗淡。雪已经停了,天空看不到月亮的影子,黯然的天空被千万盏许愿灯点缀着。我不知道载着千万个愿望的许愿灯飘到哪里会落下,哪里是它的归宿,但我知道在这个缤纷的夜晚,父母室内期盼的灯光等着我。

2014.2.18

父亲的纪念日

刚毅正直的父亲一辈子坎坷,下放改造牧场艰辛的生活,重返工作岗位的尽职尽责,退休后的乐观豁达,持家的勤俭节约,都令我们做晚辈的敬重。父亲特别要强,也特别重感情,文学艺术造诣也很值得我钦佩。记得,龙年的夏日,我带父母去哈尔滨游玩,属龙的父亲强烈要求登黑龙江电视台"龙塔",在龙塔最高处,父亲踮着脚双手用力向上触摸顶棚雕刻的龙,欣慰溢于言表,快乐得像个孩子。去年我带他和母亲去北京,腰腿疼的父亲平时走路尚蹒跚,但登水关长城的时候,他健步如飞,把年轻的我都落得很远。琴棋书画都爱好的父亲,每天坚持去广场锻炼;如果没有老友陪着下棋,自己摆棋谱也要下一两个小时;常约几个老乡一起唱起年轻时排的评剧片段,三弦、二胡、板胡、电子琴、电吉他,父亲样样拿得起。家里来客人,他总是国内国际的和你聊个没完,还把他敲碗奏乐曲的绝技拿出来与客人同乐。我心里的父亲,仍是那个意气风发的样子。

不过,今年夏天起,就常听母亲和小弟说父亲反应明显迟钝了,总做些让人哭笑不得的事。不是烧开水烧干了电水壶,就是放水忘关水龙头水漫金山,每晚喝三四次水的他,却总是把放在床头的水壶或者水杯送回厨房,自己则每次醒来不厌其烦地去厨房倒水喝……早早入睡的父亲,会在午夜一两点钟起床,穿好衣服,去厨房煮好面,然后到母亲的房间叫母亲起来吃早餐。严重失眠的母亲还没完全进入睡眠状态,就被父亲叫醒。每每有这样的情况,母亲都气得不和父亲理论,只是指着墙上的石英钟给父亲看,父亲看了两三遍后才自言自语嘟囔着:天都快亮了,怎么才2点啊?不会是钟停了吧!哭笑不得的母亲边摇头边穿衣服,去厨房陪父亲吃饭。即使母亲不饿,她也要去的,因为父亲半张脸的肌肉神经都坏死了,吃饭时总是有饭菜或者汤流出嘴角,他吃饭,身边总要有人的。偶尔也有午夜父亲起来穿戴整齐,去母亲房间叫母亲起来穿衣服去晨练的时候。母亲虽很气恼父亲搅得她一夜也睡不上两个小时的觉,但她更气愤的是她多次提醒睡醒先看表的叮嘱,父亲总是当耳旁风,从不照做。似乎墙上、床头柜上的钟表只是摆设,与他起居无关。

  每次听到这样的故事,我心里便酸酸的,眼里就会噙满泪。父亲每天散步后常到我单位收发室,与做收发的姐姐闲聊,我只要不忙也总在这个时间去看他。每次见到父亲,不管什么季节,总是看到他的衣服扣子有两三个扣不严的;他那只术后几十年一直闭不紧的眼睛,都在流眼泪。我一边帮他扣扣子,一边含着眼泪给他擦眼泪。每次问及他身体状况,他都说心脏不适没有增加;腰腿还是老样子,走点路就疼;只是牙掉得很恼人,隔仨俩的掉一颗,吃东西咬不着嚼不到的。我安慰他别懊恼,七十多岁的人器官都老化了,总要有这样那样的毛病。吃东西尽量吃软的可口的,多吃鸡蛋、蛋糕,多喝牛奶补充体力。父亲这个时候就会很满足地说,你妈已经为我改变了几十年的饮食习惯,经常按我的状况做面条、面汤吃,我每顿都吃得很香,吃得饱饱的。父亲一脸的满足,我心却涩涩的。

　　常做糊涂事的父亲,逼得我不得不接受他老迈的事实了。我开始认识到父亲老了!父亲那丰满的智慧和他那活跃的思维,在一天天衰退了。但让我意外的是,母亲前日打来电话,说父亲要请我们姐弟全家去家里吃饭,并再三强调这是个纪念日的饭,我们一定要去吃的。我努力搜索着这个纪念日是怎么个特别的日子:不是父母的结婚纪念日,也不是我们返城搬家的纪念日,更不是父母或者我们家庭成员哪个人的生日,还有什么值得纪念的日子?父亲参加工作是1956年中专毕业的8月份,父亲退休是十几年前的春天,我甚至想到了父亲是不是把几次车祸后的重生当成重要的纪念日。

　　中午下班,小弟开车来单位接我,上车我问他到底什么纪念日,他说他也不知道。到家以后,看到家人到齐了,午餐也很丰盛。父亲破例让小弟给他倒了一杯白酒,端起酒杯的刹那,我看到父亲的眼睛噙着泪。我忽然想到今天应该是父亲右派落实政策的日子!我瞬间的念头被父亲的开场白证实了。父亲说,1979的今天,我落实政策拿到了重新工作的调令。从那一年的今天起,我获得了重生!32年了,每年的今天,我都记得扎扎实实的,比我的生日还记得清楚。以前,我都在每年今天的早上起来时告诉我自己:党和政府给了我重生的路!今年,我把你们都找来,让你们和我一起纪念,一是让你们和我一起庆贺,二来也是想借这个机会,和我一起叙叙旧。人老了,总是喜欢回忆过去。现在日子好过了,充裕的日子里,我却老在梦里梦到当年一大家子人在一起过苦日子的情景。小弟还没等父亲说完,就接过话茬:可不是么,那时候天天吃粗粮,都快恨死苞米面和大碴粥了！哥得脑炎住院要大米的白米粥吃，我听到后就盼着自己也得病住院，好能吃到白米粥。妈妈也插嘴：那年冬天刚飘雪，家里就没钱领粮了，你姐顶着小雪去你爸单位要钱说领粮，你爸说，场子两个月没开资了，回家煮苞米粒先吃吧。那时我就想啊，啥时候能把粮店粮本上的粮食都领回来，就知足了。我女儿和侄女手里一直端着饮料的杯子，谁都没急于去夹满桌子的菜，她们认真地听着，脸上从没有过的虔诚。

午餐这样的开场，让我们心里五味陈杂。你一句我一句地收不住话，手里的杯子道具般地握着，桌上的菜不知不觉凉了，要不是两个上高中的孩子说，要是再不吃饭她们下午上学就迟到了，这场午宴几乎成了我们一家人回首往事的茶话会了。父亲歉意地对两个孩子说，吃吧，你们是幸福的一代，好好珍惜！如果没有三十几年前今天我的那个调令，咱家不会有今天这样喜庆的团聚，为这喜庆咱干杯。说罢，父亲仰头喝了一大口白酒，顿时，父亲的脸就红了，许是兴奋，许是酒精的作用，父亲脸上的红润让我心里暖暖的。父亲边吃边说，现在我和你妈都有劳保、医保，住房宽敞，吃穿不愁，身体也没什么大病，每天饭后我们都和楼区里的老人一起去散步，我腿脚不好走路慢，他们都迁就我。每次过横道，几位老太太和你妈一起，不约而同地停下脚步，大声告诉我：过马路了，小心。30年前我是无论如何也想不到会有今天这样幸福的生活。如今，你们也有各自的事情做，生活也都过得去，我真的很知足了。父亲说完，居然一口喝干了他杯中的酒。我担心极少喝酒的父亲一杯白酒会醉了，母亲说，他今天高兴，高兴喝酒不会醉，没事的。

在我心里,那个中午,父亲醉了!他沉醉在幸福的河畔,他沉醉在温暖的生活港湾。饭后,我和父亲喝茶,他慢慢地和我讲他身边的哪位老同事走了,哪位病得都不认人了,哪位生活不能自理了。父亲说到的这些人,基本我都认识。有好几位是父亲曾经的领导,傲慢的同事,也有中伤、打击诋毁父亲的人,可父亲谈到他们,仍然像和我谈及他的亲人一样,语气中透着怜爱。我陪父亲坐了很久,听他感慨人生的境遇,感慨32年前那次人生的新起点给他和下一代人带来的福音。

30年来,这个纪念日连同大半生的经历,都已经深深地烙在了父亲的心坎里。尽管老了的父亲记忆力在一点点减退,但从这次他邀我们大家一起过纪念日,以及一个中午的交谈中,可以看出父亲的思维还是那样敏捷,那样有条理,和过去一样健谈,快乐得和年轻人一样。其实,性格刚毅、朝气蓬勃的父亲一直在我们身边!

时在深秋,年迈的父亲迎来了又一个春天。

2011.10.22

增肥路上

中年的女人,不知不觉脸就黄了,稀里糊涂身材就臃肿了,莫名其妙地倦怠了。大抵女人都怕女人四十豆腐渣的俗语吧,过了四十的女人开始保养:美容院,健身房,汗蒸馆,从头到脚□饬。皱纹浅的,减皱除皱;皱纹深的,打激素针,能抹平就抹平,抹不平添平。总之,不留岁月痕迹最好。至于身材么,汗蒸馆解决不了的,去健身房,健身房也见效差的,吃减肥产品。电视广告上的、网络的、传销的、民间流传的所有能用的减肥手段或穿插或同时兼用,人变不了魔鬼,身材怎么也要魔鬼魔鬼。

中年的我也在八小时工作,八小时外柴米油盐中琐碎着,容颜渐衰。前些年虽然日子过得紧巴,但孩子读中学没有高额支出,父母都还健康没有精神压力,常在休息日里,要么躺在美容院的床上护理巴掌大的脸,跟要好的姐妹边享受按摩带来的惬意,边聊着私密心事抑或家长里短;要么就泡在药浴的木桶里,闭上眼睛听轻音乐,一泡一听一两个小时;要么就抱着瑜伽垫子,换上舒适的瑜伽服,在有海浪鸥鸣的音符中舒展腰肢。然而,不管被雕琢变白变嫩的脸上泛着怎样的光,我们的容颜仍像相册里一天天泛黄的照片一样,一点点褪色。山一程水一程,不经意间我们的孩子长大了,我们的父母老迈了。放下长大不需要呵护的孩子,丢下自己,我们扛起了照顾父母的担子。

　　自从父亲患病卧床不能自理以来，我们姐弟就开始了轮流陪护的生活。起初一个月，我们请医院的康复科大夫来家里，每天为父亲针灸按摩一个小时。那时，我们除了日常给父亲一日三餐喂饭，接屎接尿外，就是配合医生每两个小时给父亲翻身、叩打后背，然后定时扶他站立学迈步。针灸康复期过后，陪护的我们白天上班，晚上下班后要每天学着大夫的手法给父亲按摩。按摩不但要掌握穴位和技巧，还要有很好的体力。我身体状况不算好，往往半个小时下来，我便满身是汗了。脑出血的患者最致命的后遗症是掌握不了身体平衡。我和父亲身高差近二十公分，每天晚饭后扶父亲学走路，也成了我最重的体力活。父亲把双手搭到我肩上，我双手扶着父亲的肩，先站稳。开始时，我要左胳膊使劲向右撑，以此纠正父亲向左倾斜的全身，然后用右胳膊掌握我俩人的身体平衡。稍微站稳后，我才能向后退一小步，父亲向前挪一小步，尽管走走停停，但两三步下来，又通身是汗了。父亲躺下休息后，如果没有要洗的衣裤尿垫，我便开始清理厨房洗碗拖地，三两个小时下来，我几乎耗尽了体力。更令人担心的是，本来心脏就不好又低血压的我，每四天就有一次晚上的陪护，一夜给父亲接三四次尿，几乎彻夜不眠了。清早上班的路上，我时常头重脚轻。为应对这样的境遇，不得不考虑如何使自己增强体力了。锻炼可以增强体力，但我没时间。只有多吃才是唯一有效的办法。增肥于我，势在必行了。

　　为了照顾父亲不得不增肥的我，吃着吃着血脂就高了，高到了诱发我心脑血管毛病复发的地步。无奈每晚我饭后照顾父亲一个小时,然后约两位文友姐姐出来暴走降低脂肪。我不知道我这样配合药物治疗又节食又暴走的方式,多久能把血脂降到标准数值,我只知道,暴走后不管多疲乏,我仍要拖着疲惫的身体再到父母那看一眼才能回家休息。那天晚上锻炼后再去父亲那儿,家里保姆大叔跟我说:"你爸刚才跟我唠叨了,说你们上班你妈做饭时他摔倒好几次,自己爬不起来,都是你妈打电话叫来你们才把他抱起来的;还跟我抹眼泪说,倒下他一个,拉倒一大片人。"我很惊异于父亲连自己生日都不记得,每顿吃什么饭都记不住,怎么会记起自己摔倒的事?

  记得大弟弟为了生活不得不背井离乡去杭州的前夜,我和母亲坐在床边掉眼泪,父亲看看我再看看母亲,面无表情。母亲含着眼泪说,还是病了幸福啊,没有痛苦没有忧伤。可父亲说他倒下拉倒一大片人,这足以说明父亲的清醒和睿智。或许,倒下的父亲,比我们更懂得凡事即便我们努力了,有时也不能改变现状,有时我们不得不在现实面前学会从容吧。

  走在增肥的路上,我不得不转弯再减肥降脂。躺在床上不能自理、连说话都没有气力的父亲能转弯么?面对未来并不长的人生,父亲无法选择健康和无恙,没法掌控病痛和死亡。在半年增肥的路上,我及时补救转弯换了一条路。然而我清楚地知道在我未来的人生路上,遇到挫折、疾病抑或意外时,我或许也和现在的父亲一样,没有任何的选择余地。如同严冬尽了,冰雪消了,大地暖了,新枝绿了,而岁月却走了一样。我们永远抓不住岁月留不住光阴,我们永远都无法预测阴与晴生与死悲与欢。这,就是人生。

2014.8.5

写给母亲和她的儿女们

又是一个丁香花开的时节，一年一度的母亲节伴着缕缕的柔风，飘落在了五月第二个星期天的日历上。

关于母亲,有数不清的赞辞;关于母爱,有无尽溢美的诗句。赞辞与诗句,敬意与溢美,都源于天下儿女的一片赤诚。诗人说:母亲,她放飞了人间的龙凤,架起了天际的彩虹。在我们人生的路上,不管是顺境还是逆境,母亲都如远空的云,时刻注视着我们每一步的行程。苦了累了、喜了忧了,母亲的微笑和叮咛都如影随形。有人说,母亲就是我们夜晚身上的被,没有她,就算住进豪宅也觉寒冷;有人说,母亲是一日三餐菜里的盐,没有她,多富有的生活也少了滋味。在这个绝无平坦的人世间,担负最多痛苦、肩负最多压力、咽下最多泪水的是母亲;而面对艰难困苦,却仍以爱、以温暖、以慈悲、以微笑面对着人生,面对着我们的,只有母亲。是啊,从我们呱呱坠地咿呀学语,到蹒跚学步;从快乐奔跑到独闯天涯,何尝不浸润着浓酽的母爱呢。

小时候我们真的不懂母爱。对母爱的理解,也只粗浅到依赖。午觉,母亲在闹铃响前的三分钟叫醒我,是为了让我用这三分钟时间,吃她已经削好皮的水果。而我却仅仅因为少睡了三分钟噘起嘴巴嚷着她烦。因为小,不懂为什么每天早上妈妈总是把手伸到窗外后,再回到房间告诉我该多穿还是少穿;因为小,不懂为什么母亲的腋下总是那么温暖,以至于一个个冬天,放学回家进门第一件事,便是撩开母亲的衣襟,把双手塞到她温热的腋下;因为小,不懂为什么妈妈老是说:女孩子出门更要注意安全,遇到坏人怎么样怎么样防范,好像坏人就是给女孩子准备的;因为小,不懂为什么大人会不知道累,总觉着出去工作回来的妈妈有使不完的力气,洗衣做饭、打扫房间、缝连补绽,身影都不得闲……

时光荏苒,在妈妈的唠叨下一天天长大。当我生命的太阳走向正午,人生也开始了春、开始了夏,我每天也和当初妈妈一样,唠叨我的孩子时,我才开始懂昨天的母亲所做的一切一切都是无限的爱怜、无尽的关怀与牵挂。当我在纷杂的尘世里,抬头看人,谨慎做事,小心翼翼却仍如履薄冰时,才开始明白,只有母爱才不掺杂使假!当我搀着已经老迈的母亲去医院看病,为她擦吃饭流出的口水时,我才发现,我这个母亲眼里的春芽,在今日母亲的眼里,早已绚烂成夏日的花。我们是父母今天的依靠了。

从小常常盼着自己快点长大。长大了成家立业后好好孝顺爸爸妈妈。可有一天我们真的长大了。蓦然发现老了的妈妈仍坚强却步履蹒跚;老了的妈妈虽然坚忍却挡不住牙齿的脱落;老了的妈妈,目光慈祥却变得昏花。我们怎样的尽孝,却都无力改变他们的衰老。一代代的儿女,就在这样的悲哀中弥补着,弥补着……整日奔波在求生的路上,整天忙着工作、忙着升职、忙着照顾自己的孩子,忙着同学、朋友、同事的应酬,我们还有多大的精力真的去弥补呢?

人生只有一次,这份缘便是唯一;母亲是一生的唯一,这份情,便是儿女一辈子也无法偿还的债。

在风尘仆仆泪洒感怀的岁月里,我受惠着母亲给予我的点点滴滴。在母亲的节日里,我歌唱母爱,可我知道,一支歌没办法囊括母亲的无私和慈爱;我抒发母爱,但不论多美的文字也写不尽母亲博爱的情怀。我们可以做的,只有用点点滴滴的回报来感恩母爱。陪她聊聊天或打个电话是回报母爱;帮她系系鞋带洗洗头是回报母爱;做你小时候她给你做的饭菜给她吃,是回报母爱;听她反复讲你小时候的故事,是回报母爱;珍惜母亲赐予我的生命,好好活着也是回报母爱。在母亲节里,我祝福母亲能更久远地享受每日阳光的同时,也祝福天下所有的女儿,能更健康地活着,有更多的机会回报母爱。

2012.5.12

无奈的借宿

  人的一生,从父母欢天喜地把我们迎到这个世上,到被我们的孩子哭喊着送走,一世的春秋写满了悲欢与无奈。面对自然灾害或战争,面对意外和无常,面对疾病和亲人的生离死别,面对真爱与背叛,凡此种种的面对,让我们深陷于无奈的池沼。我们不得不承认,我们活在无奈间。

  就拿公公来说吧,公公退休前是摄影师,大半辈的摄影生涯,让他这位技术人有了比别人多的酒场,也埋下了疾病隐患。不到50岁,就患上了双侧的股骨头坏死;50刚出头,他因病耳聋;60刚过,就得了脑中风。近几年,心脏又开始闹毛病了,从起初的心梗,到后来的心衰,今年先后住了七次医院,不管是在省城还是在市里县里,无论是乘救护车被抬进医院,还是让家人开车送到医院,每每住进去,他的行李衣物、眼镜手机、洗漱用品,甚至每天订阅的报纸都要带到医院,像搬家一样。在医院病友们遭受病痛的折磨和病危时的慌乱、恐惧,时时地影响着他的心境,治疗药物的各种副作用带来种种不适,每天如厕、洗漱、吃饭的不便……都让频繁住院的老人心烦不已。这几年,辗转省内外各大医院,公公打交道最多的就是医院,他最打怵的就是住院。

  前些天刚做完心脏支架手术,他说什么也不肯多留下几天治疗心衰,火急火燎地张罗出院回家,但回哪儿住拿不准了。家是温馨的港湾,哪里也没有久住的卧室温馨,哪里也没有自己的床舒适,但是由于暖气送的不好,家里的室温只徘徊在13度到15度之间,年轻的老儿子一家三口都冻得搬到岳母家住了,更别说他这个病人了!去孩子家?老大两口子忙的一天也见不到个人影,自己犯病了老伴身边没帮手忙不过来;去老三家吧,他家房子小,两个房间只有一张双人床和一张单人床,怎么住也住不下五口人。老两口斟酌再三,扛着氧气瓶,大包小裹地搬到了我家,住进了正在准备高考的我女儿房间。

对于老人的突然来住,我们有些措手不及,但老人患病无处可去,做儿女的没有任何理由不接纳。尽管我们的住房面积不大,但挤挤也能住下。只是心衰使得公公每晚都要起来吸两三次氧气,治疗心脏药物刺激胃,胸闷气短和胃的持续疼痛,折磨得老人又喊又叫。这样的情形就算身体不好的我能承受,女儿高考正处紧张复习阶段,严重缺觉会影响她。我和女儿打好行李,搬到公婆家的冷房子借宿。

借宿,住进别人家,是一件很不便的事。早年去乡下参加亲属家的婚礼,常常是前一天晚上到的。晚饭后,亲属领着我们到左邻右舍家去借宿。一铺火炕上,有熟悉也有不认识的乡邻,遇到善谈的妇女,会张家长李家短地闲聊到深夜,间或蜷在被窝里燃上几次烟卷儿,那精神头大有打持久战的架势,一夜无法入眠的煎熬,使得我对借宿心生畏惧。搬到公婆家去住,虽没有乡下婚礼那般混乱,但这个新环境我们娘俩都不适应。公婆和四弟一起过,住一百多平方米的三室一厅。公婆住那个房间二十多平方米,像个小会议室一样,那张床在空旷的屋子里孤零零的。屋子冷我们不得不打开电暖器,但电暖风制热的噪音夹杂着屋里放着的冰箱、冰柜制冷的噪音,以及楼下过往车辆的噪音,让我们娘俩一个晚上几乎没睡。早上醒来困倦不堪,燥热的空气也让我们母女的鼻腔充盈了血丝。这样下去,和在家睡觉没什么区别了。于是我和女儿结束了短暂的一夜借宿生涯,捆着行李搬回了家。

　　对于我们的折腾,公公很是歉意,责怪自己身体不好连累我们。他和婆婆说,也不知道家里什么时候温度能上来,这冬天怎么也还有一两个月呢,咱就这样在老二这住下去?婆婆对着耳聋的公公大声说,那咱还能去哪儿呢。公公叹了口气,边喘息边自责他们老两口占了孙女的房间,影响孩子早晚学习;又愧疚睡沙发的儿子休息不好;甚至连我下班没休息就进厨房做饭,或者每顿多做的一个菜,他都觉得是他们给我添麻烦了。尽管老人觉得在我家借宿不如自家方便,并且一直认为身体不好的我照顾他是我的负担。即便如此,他也不愿意接受病了就不得不去医院的事实。借宿病房,比不得出行入住宾馆的舒适和惬意,比不得家的亲切和随意。难怪那个午夜尽管他犯病很危险,可任凭我怎么劝他都不肯去医院。在生命垂危的时刻,他宁可放弃挽救生命,也不愿意去医院。医院,人生最无奈的住所。

　　住院治疗,去借宿医院是为了驱逐疾病。为健康地活着,我们难免偶尔去医院的病床躺上几天,如同我们无奈于人生的种种境遇。人来到这个世上,总是无奈伴随着无奈,如此,人生又何尝不是一次借宿呢。

2012.12.12

送 亲

　　腊月,是乡下结婚的旺季,常有乡下的亲属和朋友这个季节通知去参加婚礼。但因身体的原因,多半都是当日宁可四更起身前往,也不在乡下住宿。龙年的腊八,表姐的二女儿出嫁。表姐一家甚是热情,再三邀请我们婚礼前一天到,还特地来车接我们。年过古稀的父母都答应去住了,我和姐姐不好推辞,也都准备了洗漱用品一同前往。迎着刚跳出雪野的红彤彤的太阳,车在碾北公路上匀速前行,满眼无垠的雪色,浸染得心里也雪亮雪亮的,连最晕车的姐姐也感觉良好。

　　接我们的车直接开到了表姐家插着红旗的院子里,宽敞的院子,还停着一台小轿车。我们刚进屋,表姐就把才出锅的糯米面豆包摆上了桌,二米粥几个小拌菜,不吃看着都养眼。表姐边往桌上端菜边戏谑着:"腊七腊八冻掉下巴,下车吃点黏豆包粘粘,一会去饭店吃午饭。"同行的外甥和他媳妇说:"我们小时候来乡下参加婚礼,典礼、酒席都在院子里搭棚子搞。"没等我搭话,我老爸就撂下筷子和外甥说:"你这些年在外面发展,不了解现在的农村了。现如今农民种地有直补,种植科技含量高,亩产1600斤粮都不稀奇,种百八十亩地的人家,收入都比吃皇粮挣工资的高两三倍,农民的日子过得比城里人都好。"听了父亲的话我心里暗喜,妈总说爸老糊涂了,做事像小孩,这番话可一点不糊涂。表姐笑津津地说:"可不是么,现在生活好了,红白喜事都去饭店包桌了,谁还在黑黢黢的棚子里吃饭挨冻。"

热粥小菜和几个黏豆包进肚,汗津津的。周身毛孔都炸开了,原来怕乡下屋子冷,穿的厚毛衫、厚棉裤加上热炕的烘烤,暑热般难耐。我们不得不穿上外衣,去院子里转。等我们从房前屋后看圈养的几只小白兔、笼养的火鸡和香鹑鸭回来,本村和邻村来家里贺喜的亲属,已经把三大间房子的每个房间床上、炕上、沙发、椅子都挤满了。距离午饭时间还有一个小时,车就陆续送客人去饭店了。

我们去的这家饭店,是乡政府所在地有规模的十几家包桌酒店的一家,能摆二十几张桌的大厅,宽敞明亮。舞台布置得喜庆豪华,灯光音响一应俱全,包间雅致清爽。再看看周围就餐的亲友穿戴,不仅有时尚的新款羽绒服、羊绒大衣,还有貂皮大衣、尼克服、皮羽绒服。坐在那儿,根本感受不到城乡的差别。席间,早已没有了往昔参加乡下婚礼时一家老小齐上阵桌,搂席抢菜往家揣的场景了。同桌吃饭的年轻人,也争着给满头银发的老爸夹菜、倒热茶。小康与文明之花,就这样悄然开在我的眼前。

晚上,表姐安排父母姐姐和我住她家唯一的一铺火炕上,在乡下出生的我,对火炕有亲切感。然而从1996年我搬进楼房,几乎没再睡过火炕。表姐也怕我们嫌炕硬,多给我们拿了几个褥子。父母平时在家睡的早,不到8点我和姐姐就关掉电视,铺了被褥跟着躺下了。在家时,女儿晚课放学到家近10点,洗漱后即使不再学习,我们休息也在10点半后。冷丁的躺这么早,很不适应。躺在暖暖的被窝里和姐姐脸对脸,心里陡然升腾起一股凄凉来。自从姐姐结婚25年来,我们姐妹还没这样肩挨着肩地躺在一起,脸贴着脸一起说说话。我俩你一句我一句拉家常,唠孩子,说现在,讲过去。话题杂而无序,越唠越精神,没睡着的老妈也不时插话,唠她和老爸的晚年没了年轻时的争吵,少了日子拮据的窘境,还特别满意这几年在亲友的接待下又省城、又京城的游玩。

热火朝天地聊到了墙上的老式钟表敲了11下,才生倦意。刚打盹,就被老妈的咳嗽声惊醒,我和姐姐你一言我一语地开始劝老妈,哮喘这么严重,就别再抽烟了,咳嗽一顿一身汗多难受。老妈许是咳得无力,许是不屑我们的观点,停下咳声没再说话。姐和我小声说:"妈本来血压高心脑血管不好,这烟是没治了,越抽越甚,越劝越烦,早晚是事。"我也一直头疼老妈嗜烟顽固,跟姐说:"这岁数了,劝就生气,由她去吧。睡了,明天还起早送亲呢。"刚翻身,就听老爸□□□□起来了。我赶紧打开灯,老妈起来帮老爸把腿顺到炕沿上,又帮他穿上鞋。风湿让老爸腿有些弯,平时上下楼都借助拐棍,这次出来匆忙拐棍忘带了。看着老爸蹒跚着走出房门,我心里酸酸的。不一会,老爸方便回来,很吃力地往炕上爬,坐稳,自己双手扳上来一条腿,又扳上另一条腿。坐稳,挪了挪枕头,下半身往下出溜了两下,双手撑着炕面一点点让身子倒下。老爸的头挨上枕头的一瞬间,我鼻子就酸起来。灯光下,这一幕慢镜头撞得我的心和眼睛一起疼出了泪。这几年,总听妈说你爸这下真老了,以前急性子的人也变得慢性子了。今晚我才真体会到父亲的老迈和不便。

这一折腾我已无睡意。安静的室内,父亲的鼾声时大时小,呼吸时骤时缓,我的心跟着起起落落的。黑暗中我开始恐惧了,我真担心老爸的哪口气喘着喘着就会停下来。悬着的心,在老爸的第二次起来方便时放下了。还是重复第一次起来的动作和程序,父亲回来又继续睡下了。知道即使呼吸不均匀,父亲也不会有意外,我才安心睡觉。似乎我刚打个盹,姐姐就推我起来开灯,说爸要去方便。这次父亲回来居然没再上炕,而是一件件穿外衣。我说:"爸你要去外面厕所大便?"他说不去。"那你穿衣服干什么?"姐问他。他说:"起来啊。"姐说:"爸睡糊涂了。"妈听到我们的话,起来边往下拽父亲的衣袖边嘟囔着:"老东西,钟就在墙上你不看,才2点多,你就起来。在家天天晚上这样,出门了还这样。"父亲讪讪地笑了笑,便自己往下脱衣服。重复上炕的动作,躺下了。这次我睡意全无了。

父亲老了,确如姐姐所言,有些糊涂了。

父亲在我们渐行渐远的一天天里,老了。

翻来覆去睡不着的我想想,算起来从上世纪80年代初我们全家落实政策返城到现在,已经有32年我没再和父母住过一铺炕了。当年炕梢上那个干了一天活,躺下一觉睡到天亮的父亲,再也找不回来了。父亲的鼾声在妈的埋怨声中又响起来了。此时的我泪潮再次涌起波涛,这些年妈总说自己睡眠不好,治疗失眠的中药西药我没少给她买。可是,多神奇的药,能改变老妈在这样境况下的睡眠呢!每天周而复始照顾孩子一样照顾父亲饮食起居的老妈,失眠,是药物永远无法治疗的。

这晚我几乎一夜没睡。起早我们和表姐一家,送走了出嫁的外甥女。又一个离开父母的女人,将开始她自己的幸福生活,将在另一个屋檐下有自己的家和孩子,将和我一样与她的父母渐行渐远了……

2013.1.30

与渐老的父母换角色

每个人都会老,父母比我们先老,如果我们能用角色互换的心情去照料他们,才会有耐心、才不会有怨言。子曰:"今之孝者,是谓能养。至于犬马,皆能有养;不敬,何以别乎?"《论语》中对"孝"的强调,一直是从情感意义上进行说教。孝注重的是情感与精神的抚慰,而非物质的满足。

水平有限,我读《论语》只能算粗浅的理解。我的理解是:如今,人们的生活水平都提高了,生活、就医都有保障,子女需要做的,是能多陪陪父母、照顾父母的生活。与父母换角色,就是让子女像当年父母陪我们长大一样,我们陪他们变老。陪父母变老,是对父母等待的回报。要知道父母一辈子都在等我们。从等我出生,到等我们长大;等我们放学回家,等我们下班回家吃饭;等我们带着我们的孩子去和他们享受天伦……陪父母,就是在老了的父母有限的等待中,给他们的等待和期盼以最好的报答。我认识的一位老学者,他的三个儿女都在省直机关工作,有的还是主要领导,但只要不在外地出差,每周六几个孩子拖儿带女必回他家,与他们老夫妇一起过周末,风雨无阻。他的另外一个在国外的孩子,则每天晚上都要在大洋彼岸和父母视频聊聊天后再上床。十几年来,这对年近耄耋的老夫妻一直在期盼和团聚中幸福地生活着。

人过中年的我很疲惫,但每每想到"孩子,我宁愿活着的时候你们多陪我几分钟,也不愿意我死后你们为我守一整夜;宁愿在我活着的时候你牵着我的手,也不愿意在我死后你伏在我躯体上痛哭;我宁愿在我还活着的时候,你能为我轻声祈祷,也不愿在我死后,你为我撰写诗一般的墓志铭;我宁愿在我还活着的时候,你能同我促膝谈心,也不愿在我死后,你宣读悼念我的长篇大论……"这样的话我就会振作精神敲开父母的房门。

  不觉中我发现父母的衣着不整了,即使穿合脚的鞋走起路来也有趿拉声,橱柜不清洁了,房间也凌乱了……他们老了。我黯然地慨叹着他们的悄然衰颓,却整日忙着求生、忙着应酬、忙着自己的孩子……忙着忙着,就把思想也忙得患了更年期综合症似的,有些招架不住了。想帮父母做点什么,要么力不从心要么做不好。想和父母换角色,但怎么也做不到,纠结我的就想——小时候,襁褓中的我们即使拉得稀里哗啦,父母也会边收拾边笑着说:这孩子屁眼儿没长门的,哪来这些屎呢。然而,老了的父母卧床后,我们能这般从容、这般淡定地给父母收拾呕吐物或者残便,哪怕是掸落他们肩上落下的几丝白发、几片头皮屑?有,也是短暂的几年。小时候,从满月到百日到周岁,父母都会抱着我们去拍照,我们上学了、成家了,父母会把我们的照片放到桌子最显眼的地方。而长大的我们,电脑、手机屏幕背景从开始的男友(女友)的照片,到自己儿女的,又有几人能把父母的照片随时带在身边呢?小时候,每次我们什么事情做得好,父母都会奖励我们一个甜甜的吻。年迈的父母,健忘了,他们能得到我们一个鼓励的吻,一个温暖地拍拍肩或者拥抱么?如果……我们能?

前不久我在哈尔滨住院期间，一位极好姐妹的父亲在一次车祸中永远地走了。听到消息的第二天，在绥芬河疗养的父母回家途经哈尔滨市，在逗留的那几个小时里，我和女儿急切地约了地点去见面。由于时间有限，我们打算在附近小店里吃口便饭。没想到哈市的张老师那天电话联系我，得知我父母也在哈市，非要请我们吃大餐。张老师与我父母三年前在北京就认识，他和我父亲同龄又有相似的性格，两人很谈得来。看着他们开心地边吃边唠着家常，我心里甜甜的——有老人在真好。那晚我眼前一直闪着父亲有些呆滞的目光、满头的白发和蹒跚的影子，失眠了。

父母人生的晚秋有些凉，让我们做他们的外衣吧。如果昨天的你和我一样做得不够好，不要紧，揣着一颗与父母互换角色的心，从今天开始，在父母还健在的时候多陪陪他们。

父母不会在原地等着我们。我们追赶不上时光，就抓住今天吧，珍惜上苍赐予我们和父母在一起的每一天。

2013.7.28

春天，我走在秋日的私语里

父亲患脑出血已经四个多月了。经过三周的治疗出院后，父亲不但完全卧床不能自理，而且意识也常常模糊不清。在他昨天生日的前几天，我就和妈妈在父亲意识清醒时试探着问：你还记得你生日么？父亲每次都吃力地想好半天，居然有一次答对了，这令我们十分惊喜。因为这几个月来，脑萎缩十分严重的父亲连自己多大年纪，哪年出生都记不清楚。甚至每顿刚刚吃完饭，再问他都会说还没吃，有时即便说吃过了，问吃的什么也从想不起来。看父亲还记得自己的生日，我们姐弟几个就开始张罗给他过生日。妈让我问父亲，生日怎么过。我怕提到生日，父亲会情绪激动，引起脑部再次出血，不找合适的机会我不敢轻易提及。

这个周六，按惯例去照顾父亲。我进屋时父亲刚吃过早饭，看他精神状态不错，我就提议搀扶他去另外一个房间看看。所谓的搀扶，实际上就是父亲双手搭在我的双肩上，我双手揽着父亲的腰，爷俩面对面站立。我用脚先分开父亲的双脚，以免他不听使唤的双脚贴在一起掌控不了身体平衡。然后，我向后退一步，父亲两条不会打弯的腿就向前挪一步。中间只隔一个小方厅的距离，我们父女俩走了四分钟。到了父亲病前住的房间，我抱着他坐到床边，看着墙上贴着的地图，父亲眼泪唰唰地流下来。我边用面巾纸给他擦眼泪边说："爸,人都有老的一天,你老了,走不动了很正常。咱身体好的时候不是出去看过外面的世界么,咱不遗憾!"父亲听我这样说,情绪一下子激动起来,张开嘴哭出了声。我很后悔自己说穿了父亲的心思,有些手足无措的我急忙抱住父亲的头。父亲小孩子一样把头埋在我的胸前,哽咽着一个字也没说出来,眼泪湿了我的衣襟。过了好一会,父亲才抬起头,噙着泪的双眼就那样孩子般地看着我。我边擦自己脸上的泪边拍着他瘦弱的肩,笑着说:"爸,不哭了,咱哪都不去了,全家人就天天在家陪着你。明天你过生日,你想怎么过?我们给你张罗。"父亲用他那只灵活的手抹了抹眼角的泪,眼睛盯着我,很干脆说了几个字:"从简,别铺张。"

一直以来,父亲的意识不清醒很让我们懊恼。他常常认错家人,又常常自言自语些不着边际的话。但这个周六,父亲似乎又回到了从前,清醒且理智。我把父亲送回到他休息的房间,扶他躺到床上,就去厨房跟妈说刚才父亲的情形。妈说:"你爸是糊涂的时候多,可清醒的时候比谁都清醒。昨天你爸跟我说,等他走了,一定要转达他的意愿。"我很惊奇于父亲在这个时候提意愿。"爸想怎么样?"妈低着头,眼睛红红的:"你爸说,他走了,让我替他告诉下一代,千万别太要强了,一辈子太累,到头来没个好身体。"妈说:"你爸说的下一代,其实指的就是你,他知道你一直打拼很辛苦。"那一刻,我竟然跟刚才的父亲一样,怎么也控制不住自己的情绪,眼泪汹涌起来。

从父亲出院后,我每天正常上班,只晚上饭后去照顾父亲几个小时。因为工作压力大,父亲恢复的又不理想,以至我心里总像有块石头坠着,加上照顾父亲消耗体力,我有些不支。

每天为了缓解情绪，我上下班的路上选择听歌。为打发每天上下班加起来一个小时路程的时光，我手机里下载了十几首风格不同的歌曲和乐曲。一路上，随着音乐或激昂或舒缓地起伏，我的心也在跳跃的音符中舞蹈。几个月下来，我开始对古筝曲和钢琴曲有了很大的兴趣。我听古筝曲《层层水澜》，那涓涓水韵、层层涟漪，水光闪烁、波澜无尽的悠然景致清新得如水雾般扑面而来，让我心舒畅好久；随着《梅花雪》清新婉转的曲韵，雪飘梅绽的时节，一手握住冬、一手牵着春的心境油然而生；在《高山流水》的古筝曲里，音符自琴弦飞泻，在青山绿水间流淌，穿过一条条湿漉漉的林荫小径，采了花草的芳香，携了叮咚的清泉，经过两千多年的跋涉，款款来到我的身边。已取下耳机，那旋律仍耳畔缭绕，那份天然合一、物我两忘，让心灵在旋律中凝成一片寂静。总觉得钢琴曲过于高雅，不足够靠近她，根本无法听到它内敛和含蓄，更不可能感受到它极其永恒的美感。然而，几个月反复听几首钢琴曲，让我对黑白键上的呢喃有了进一步的认识。

　　我特别喜欢钢琴曲《秋日的私语》。音乐开始，一段低音轻轻地，仿佛听见了大自然窃窃私语的□□□□。很快琴键上跳跃的音符，带着你走进一条蜿蜒的小路，穿梭在层层叠叠的树林之间，宛如清澈舒缓的风吹着树叶沙沙作响，似雨似水的潺潺声划过，带着些许凄清的旋律，轻盈地跳跃着，如歌似画，如诗似乐，翩翩地，好像也和这风、叶在一起欢歌、一起起舞……听着听着，人就走进了秋天的童话里——金黄的落叶铺成了一条地毯，通向尽头的蓝天；眼前有一片又一片或红或黄的叶儿缓缓飘落在脚下，俯身的一瞬间，飒爽的秋风滑过了我的脊背我的臂弯,带着徐徐的凉意轻抚着我的脸颊,伸出去的手悬在了空中,任风在十指间穿过,抖落一身的尘埃。那一刻,沉浸在音乐里的我已经置身于另外一个世界,一个亦真亦幻充满秋意的世界,那萧萧的秋意,宁静的日落,金黄的树林,都在此时,都在每个音符间挥洒得淋漓尽致⋯⋯

　　专业的音乐人说,理查德克莱德曼的这首《秋日的私语》,恰当地表达了那种关于爱、关于浪漫的情怀,以此来演绎世间的爱。是执爱人的手,漫步在软软的秋叶铺就的林荫道上,一起听风,看雨,等日落。尽管我喜欢克莱德曼的音乐,但我不是专业的音乐人,我只是热爱生活的可以感知爱、感知情感的人。我听《秋日的私语》是在每天忙忙碌碌之后,拖着疲惫走在路上,在眼前浮现着暮年的父亲苍老的面庞、消瘦的身影和孩子般渴望关注的眼神时,耳畔萦绕着大自然低低的窃窃的私语。当现实的感受与经历融汇成一种记忆的时候,我在琴声中嗅到了自然和生命的味道。

　　整整一个春天,我都在父亲被疾病缠绕的阴影下,每天在上下班的路上听《秋日的私语》。如诉的琴声,是在过尽千帆之后,看岁月把心迹澄清;是在身隔沧海之时,沉淀所有的波澜壮阔。我在静静聆听深入心扉的钢琴曲后,在感受黑白键的独特魅力之时,把灵魂交给了自己。此时,行走了几十年的我,才渐渐感悟到自己最该珍惜的是生命,才真正懂得了每个音符下都埋藏着一颗平静而柔韧的心灵。

2014.5.19

风雨同行暖阳下

佛说,修百世方可同舟渡,修千世方能共枕眠。许今生只一次擦肩就驻足相守一生的父母,前生真的有过五百次凝眸吧,不然,两个相差五岁,学历、阅历、家庭生活背景有极大差异的父母,怎么就相濡以沫50年呢。

我儿时的记忆里,父母并不恩爱。那时,父亲刚过而立之年,虽身体很好,却因出了校门一直在单位做文案,不胜农活的他一直在下放的牧场做"半拉子",相比在乡下土生土长的母亲则是男人一样的壮劳力。不会农活的父亲,偏偏又一点不会做家务。母亲跟男人一样出一天工回到家里,要做饭洗衣,要喂猪喂鸡,要给四个孩子缝缝补补。即便如此,母亲也常被坐在水盆边用指甲刷子洗手清洗指甲的父亲责骂,他不是嫌母亲饭盆刷的不干净,就是责怪猪食洒到地上;不是指责母亲把盖泔水缸的盖帘错盖在水缸上,就是埋怨母亲不该把剩饭剩菜放到一个盆子里……他们吵骂动手打仗也是家常便饭一样,似乎我整个童年印象最深的便是他们两人边吵骂边撕扯的情形。

父亲40岁那年,落实政策恢复公职,工作就地安排在他最后下放的那个畜牧场。为了我们四个孩子能有更好的学习环境,我们家举债在县城铁道的南侧龙景路边上买了两间土平房。没有工作的母亲边在建筑工地打工,边照顾我们姐弟四人。与我们两地分居的父亲,一个月能见上一两次面。每次见面尽管难免为窘迫的生活开支争吵,但他们极少动手打仗了。

流水一样的日子,穿过我家那朴素的院落,一天天老了父母,丰盈了我们。80年代最后一年的十月份,我毕业工作了。转年,50的父亲调回了32年前他下放劳动改造前的原单位。那年的春节,我有生以来第一次见到父亲的脸上漾着笑。年夜饭前后,他一直拉着两个弟弟轮流陪他下象棋。输棋的弟弟为躲一个脑瓜嘣儿,跑出屋子,父亲就在后面紧追不舍,从院子追到门前的龙景路上。没穿外衣的爷俩,回来时脖子、耳朵、脸都通红通红的,见父亲仍小孩一样气喘吁吁拽着弟弟不撒手,母亲气得又嚷又骂,父亲居然没还嘴。我清楚地记得,从那个春天起,父母养成了晚饭后散步的习惯。偶尔两个人因为聊哪个话题意见不一致吵翻了,赌气一前一后或者你在道东我在道西,但只要夜幕降临回家时,俩人都会没事似的跟出去时一样,手是牵着的。

父亲60岁退休后,接来了爷爷奶奶,开始了照顾爷爷奶奶和孙女的上有老下有小的日子。一向掌管财权的父亲,每天除了陪爷爷下棋,采购成了主业。常因不问价花大头钱买回烂菜,或者被骗把马肉当牛羊肉买回来,遭母亲一次次抢白挖苦,可性格暴躁的父亲却从不辩解不反驳。大半辈子没进过厨房的父亲,常常弄些饮食营养资料带回家,指导母亲做营养餐。

一个星期天,我照惯例去他家大扫除,见父亲和爷爷在厨房里摆弄一大排的罐头瓶子,我以为他们舍不得那些玻璃罐子,就劝他:现在玻璃可不是稀罕物了,这些瓶瓶罐罐放在家里占地方,碰碎了还容易划伤手脚。父亲使劲白了我一眼,头都没抬回我一句:怎么没用？纳闷的我这才细看,原来他俩正在往那些瓶子上贴字帖。爷爷用手指捏着白纸黑字的写有精盐、味精、苏打粉、淀粉、胡椒粉的字帖,一张张按在玻璃瓶子上,父亲则用透明胶带仔细固定。爷俩有条不紊,配合得很默契。坐在一旁的我,被暖流冲荡得热泪盈眶。

那些年,我常常在端午节当天,早早地去父母家,看加在一起近300岁的四位老人一起忙忙乎乎包粽子；刚入冬,就凑热闹跟着他们学包一锅锅的黏豆包……日子,在我关注他们一日三餐,关注他们季节变换的冷暖,关注爷爷奶奶渐衰的身体是否无恙,一天天溜走,直到九十多岁的奶奶爷爷两个月间相继离开了,时间才定格在父母已驼的脊背上——他们老了！

失去父母的父亲,一下子就老了。70岁的父亲不仅驼背、腿脚不灵活,还显现出小脑萎缩的症状:他常记不清回家的路,常常外出忘记穿外衣或锁门,常常忘记关水龙头弄得水漫楼下。父亲这样的情形,弄得母亲几乎寸步不敢离开父亲了。更让母亲不能接受的,还有父亲的生活起居习惯。或许是几年来一直照顾爷爷不能整夜睡眠惯了,爷爷奶奶走后,往往母亲还没睡觉呢,睡醒一觉醒来的父亲,就穿上外衣张罗下楼。父亲一日复一日的这样睡眠习惯,使母亲患上了严重是神经官能症。睡眠不足的父母,身体状况急转直下。父亲75岁那年的冬天,患脑出血出院回来的父亲,生活完全不能自理,全靠母亲照顾了。被母亲照顾得干干净净的父亲,变得孩子一样依赖母亲了。只要母亲下楼,哪怕是10分钟,回来后父亲都会孩子一样仰着脸眼里噙着泪说:老敬回来了,我想你了!我每晚去给父亲按摩擦身子时,口齿不太清的父亲,说得最多一句话就是老敬万岁!

  腊月二十二那天,是父母的金婚纪念日。两个弟弟用摇椅把父亲抬下楼,坐着轮椅去饭店的父亲,一路上脸上都绽着笑。我跟妈说,是爸一冬天没下楼,出来高兴了吧。弟弟说,可不是呢,爸一定是知道纪念他们的金婚高兴。在饭店等菜的间隙,我们一家人围坐在父母身边照相。人多就心烦的父亲那天心情格外的好,不恼不怒地配合我们姐弟几个家庭的人拍照。席间,我们谈及父母50年来风风雨雨的艰辛,谈及儿时苦日子里我们苦中寻乐的小故事时。父亲入神地听着,一次次抽泣哽咽。平时一直怕父亲激动再犯病的我们,谁都没刻意停止对过往种种的追忆,我们希望用我们这样温暖的回忆,来唤醒他爱这个家的点点滴滴的记忆,唤起父亲对他经营五十年的这个家的情感……

  饭后,推着父亲走在回家的路上,早春的阳光暖洋洋的。

2015.2.16

拔牙记

不知道我左下方的这颗立事牙是哪天开始坏掉的，一年多来，遇到冷热酸甜或者每次刷牙，这颗我照着镜子看着费劲的大牙总是丝丝啦啦地疼，也许脑子整天忙着想怎么支配神经和其他脏器吧，忽视了对这颗牙的关注。疼了，就吃点消炎药，不疼就忘了。

今年春天的一个早上醒来，它突然将我半边脸都鼓起来了。都说牙疼不算病，疼起来不要命，我深切体会到了——张不开嘴，吃不了东西。更要命的是腮、脖子、耳朵、头都跟着疼，那种胀痛，特考验人的耐力。本想靠毅力坚持坚持，结果到单位就坚持不了了，求朋友车，直奔牙科诊所。县城小，提提都认识，对大夫有了亲切感，恐惧感自然就削减大半。然而，大夫看完后给我的结论却让我的恐惧感陡然增加了几倍："你这一侧牙龈都严重化脓了，我抽出这一针管脓血解决不了问题，你必须马上用消炎药，而且至少坚持一周每天来清洗换一次药，炎症消了赶紧拔掉，不然，你这颗坏牙还会惹大祸。"牙，惹祸？它能惹多大祸，我不敢想了，真会导致败血症？我心里盘算着，就算得不了败血症，这张不开嘴说话，不能吃饭也是大事，更何况这种剜痛实在是太折磨人了。

硬着头皮，治。

谁知道，治疗的过程也是疼并痛苦的。

只冲洗就弄得我泪流满面，蘸着药的棉球敷上去的分分秒秒也是煎熬。

总算炎症消得差不多了，一天午后我不忙，去找牙科大夫拔牙。大夫特别体谅我冒着初夏的酷热大老远去的，让我歇歇凉快凉快再走。一问才知道，拔牙通常是上午，下午不拔牙。

上午，多半又都忙，它不疼，便又被忽视。结果，我这颗坏牙，又在我口腔里赖了两个月。

被忽视的牙，是那日跟女儿闲聊时被提起的。她说，我网上查了，立事牙尤其是坏了的立事牙，要拔必须去大医院，遇到牙根横生的还要动手术切开牙龈。怕我不信，要转百度页面给我看。女儿大学四年，在家的时间少，她还不太知道，正值更年期的我，承受力有时像个孩子。不过正视现实去拔掉这颗牙，是当务之急了。

听女儿建议，这周六休息，我俩决定去县医院牙科。走之前还特地电话咨询了前几天拔牙的文友，她给我介绍了她熟悉的大夫。

我和女儿先去了文友介绍的那个大夫的诊室，我们进去，没等提文友的名字，他就会意地点头说："我先看看吧。"看过后他示意旁边的护士开单，我知道，是可以拔了。

看这个大夫年纪大，应该从医时间比较长，加上有文友打过招呼心里有底，交了款就安心等待大夫处理了。

很快，打进去的麻药生效了，大夫开始拔那颗罪恶的牙。只是几次用力，都没撼动它。好不容易找对支点力气又恰好合适，牙却断了。知道它是坏的，断了自然难免，头脑清醒舌头不好使的我含混地跟大夫说："费点事，清清残根吧。"大夫也很负责,拿来锥形凿子,然后一边用锤子敲打一边说:"配合配合吧,我敲时你自己托着点下巴,很快就好。"如此反复敲打四五次的样子,每次敲打完十几下就用钳子拔,为了找恰当的支点,我的嘴角被活生生拉破了。麻木的嘴角感觉不到疼,但去触碰的手指上沾了血迹。四五次仍没拔掉残根,大夫开始用口腔科特有的电钻一圈圈钻,钻心的难受和被电钻钻掉的牙渣那难闻的味道,让我的眼泪顺着眼角不争气地流出来。而此时,在我头上站着给我递纸巾的女儿已经哽咽了……

很欣慰的是,我朦胧的泪眼里,大夫用镊子夹出来了一块又一块的牙渣。最后,大夫将脱脂棉递给我看,说:"最后残渣都清理出来了。"没戴眼镜的我,也没看清那血呼啦的脱脂棉上是不是有牙渣,一侧又没有知觉,麻木的舌头只舔到了被大夫塞到创面的药棉。我默念着:但愿,但愿彻底清理干净了。在大夫关掉诊床灯的一瞬间,我看到大夫眼镜上铺满了钻我牙迸溅出来的残液。我试图说声感谢,但未果。我向大夫竖了竖左手的大拇指,抱了抱拳,没听进去大夫跟家人和孩子如何交代的注意事项,便逃也似的溜出了诊室。

窗外,大雨倾盆。今年最大、最急的一场大雨中,那颗残损的牙永远地离开了我。

倘若我这颗立事牙是20岁长出来的,那么它应该跟了我30年了。30年,即使不算吃零食和水果的次数,仅30个365天的一日三餐,几万次的几十万次磨损,磨得它没了棱角失去了生机,在我身体其他器官渐次出现大大小小的故障时,它仍悄然用并不硬朗的状态坚持着。它应该算是个生命,只是它被我这个生命个体忽视了。难怪它用生命尽头的疼痛来告诉我,它的不情愿离开。

  也许,所有生命的消失,都需要生命载体有这样的阵痛吧。我身体的其他器官也会在未来的日子里,像这颗牙一样向我亮起红灯。珍爱生命,也该珍爱组成生命个体的它们。

2017.8.13

春光乍暖

　　春,姗姗却很固执,穿过料峭迎面而来。塞北的春短暂得有些模糊,有些恍惚。清明过后,风,还是凉的,凉得有点刺骨;水面还结着薄薄的冰,隐隐有水暗流;阳面的山坡抑或路边,有叫不出名字的野蒿,指甲盖大小,在湿黑的土层上炫耀地绿着,与它旁边刚拱出嫩尖的鹅黄的草对峙;老树尚看不出春的端倪,小树的树干由黑褐色一夜之间变浅,枝条也柔柔地妩媚风中了。

　　这枯黄的春,满眼的黯然,我无心去踏,可一颗春心却怎么也锁不住。我很害怕若不抓住随风即逝的一口春光,我会在初夏惋叹一季的错过。清晨,我躺在床上,将视线移出窗外,于高层住宅间隙并不大的上方,在湛蓝的天空云朵里找到了春光的一丝踪迹——那云丝丝缕缕的,花蕊般,斑斓着我探春的心绪,那个清晨,我似乎嗅到了花儿旖旎的香气。迎着春风,走在上班的路上,阳光照在脸上,暖洋洋的,化了风的料峭,烘暖了尚未铺着花絮的心。

　　今春,在医院陪护病危的父亲一个多月吧,从三月刚开始,就替躺在病床的父亲担心,恐他看不到今春的草绿花红。尽管完全没有意识的父亲不会说话,不会吞咽,甚至连护士打针他都没有一点疼痛感。但仍希望整天只会喊叫的父亲,能用他的气息,嗅到春的味道。父母姐弟,我们一家六口人,就在医院病房里,一天天迎日出等日落。围坐在床边的我们,常趁父亲睁眼的瞬间,让护士给我们拍全家福。那一刻,瘦成一把骨头的父亲,是我们盼春般的希望。似水的时光,这一刻没有优雅婉转,也没有澎湃激昂,它在病房里静止成惆怅。我知道,陪伴父亲走过最后的旅程中,没有风景,只有亲情;我也知道,静卧在床上的父亲,今生永远也站不起来了,向前的日子也短得用目光可以丈量,但我却在如塞北春光一样短暂的时光里,感受到早已各自成家的兄弟姐妹在一起团聚的暖。这暖,胜过春光!

春,在路上。春光,在我们一家人心里。

2016.4.14

大姨的戒烟日

几乎每年正月十五，我都能想起已经去世多年的大姨。想起那些年每到正月十五，我们从乡下接大姨来城里看花灯时，大姨孩子般的笑脸；想起右半身偏瘫的大姨，被我们拉着挤出人群时，她用冻得通红的左手给我们焐脸的样子；想起她每次来前都要贪上两三个晚上，用一只手给我们蒸出来金灿灿的一大提包黏米面豆包……

大姨四岁那年，姥姥穿着大襟棉袄裹着她"跑老毛子"时，露在衣襟外面的右半身受风落下了残疾。残疾的大姨，长大后嫁给了邻村一个外号叫"大老蒙"的老实巴交的农民。大姨父是那种不肯吃苦认干的人，土地承包到户后，只会赶马车的他几乎不会庄稼地的活计，人又多病，四十多岁就扔下大姨和四个未成年的孩子去了。那时我家只有父亲一人挣工资，生活也很拮据，但不富裕的我们仍对日子清苦的大姨一家很是关照。

我从记事起，每见大姨，无论春夏秋冬，她都是鸡啄米一勾着头咳嗽，而且，痰多的吓人。之所以她这样咳，是因为她的烟瘾出奇的大。即便吃饭时，她手里的纸烟也是不肯丢的，她手指间的纸烟，有时睡着了还夹着。大姨抽的是卷烟，是那种叫"蛤蟆头"的特辣旱烟。大姨卷烟可谓一绝。右侧偏瘫的大姨，右手常年五指并拢，向掌心佝偻成勾手状。可是大姨一只手卷烟的速度，远比两只手都健全的人要快得多。裁好的烟纸在手,大姨用右手背按着,左手只一捋,一大撮旱烟沫即刻变成直径足有两厘米的喇叭筒。别人卷烟总要舔湿烟纸,然后成卷,大姨却不用。比手指还粗的烟卷,夹在手上,划着火柴点燃,送进唇间,猛吸一口,咳嗽声便喷将出来。每吸必咳,两支烟间隔不足十分钟的大姨,便成了我们常见常咳的人了。抽上就咳的灵敏度,不亚于电脑控制。我和大弟弟戏谑地称其为"抽咳灵"。

常年的咳,也害得大姨想尽各种办法戒烟。民间传说农历初一十五是忌日,不论戒烟戒酒,还是小孩戒奶,多很灵光的。可试了几次,大姨也只在初一和十五两天里,少吸三两根烟。又听说干白菜叶子加少许的胡椒面卷上当烟抽,戒烟特灵。大姨试了,只吸一口,就泪如泉涌,干白菜那种"贼"味儿,也随着喷嚏飞溅出去。20分钟没过,仍又卷了一支"蛤蟆头",直径比原来大了半厘米。又某日,听外村的人说练气功能戒烟,且神效。大姨也报名学起了气功,可惜,一个星期下来,烟非但没戒掉,却因练功方法不对,咳嗽加重了。明知戒了烟就不会咳,但却无论如何也戒不掉,大姨痛苦不堪,我们和她的孩子也看着心疼。

大姨65岁那年的正月十五,大弟弟照例起大早下乡把大姨接来过元宵节赏花灯。已经参加工作的大弟弟,特地买了一条香烟,给大姨来家里抽。可出乎我们的意料,从几岁就开始吸烟、有五十多年烟龄的大姨,居然和我们说她戒烟了。同样嗜烟的母亲,拉着大姨的手讨教:"是初一还是十五忌的?"大姨说:"是腊月初五,你姐夫的祭日我忌的。今年刚入冬,我就整天下不了地,只能跪在炕上,脑袋顶着摞起来的枕头,一声迭一声地咳。咳得满头大汗喘不上来气,连水都喝不下去了。孩子们给我买药,我一片也没吃,我就知道这是烟害的,烟不忌,我吃什么药都白搭。腊月初五那天,孩子们都去给你姐夫上坟了,我自己在家就想,我四岁就残疾,跛着脚、用一只手洗衣做饭、养猪种地。守寡半辈子拉扯大四个孩子,啥苦都吃了,还有我过不去的坎儿?两天两夜我水米没打牙,我愣是把烟给忌了!"

听着听着,我的眼睛里就起了一层的雾,我看到妈妈的眼里也浸满了泪。从正月十五那天起,有着近40年烟龄的妈妈,烟也忌了。

2012.1.30

春之殇

杜鹃花开的时节,你走了。刚上班的医生还没来得及去你的病房查房,你就悄然停止了呼吸。这次住院56天,尽管没有意识却每天不停喊叫的你,那一刻乖巧得像一个熟睡的孩子,任凭我们给你穿上寿衣,整理容颜,然后把你停当地放进那口纸棺。很抱歉,爸爸,我的性格让我不会嚎啕,靠在姑姑的怀里,我泪雨滂沱哽咽无声。我知道,无力回天我唤不回你;我知道,天堂没有悲歌你会快乐。爸,你就好好歇歇吧,尘世77年的风雨中,不管向前跋涉的脚步怎样沉重,你从没懈怠过,你累了,也该歇歇了。

都说天堂没有痛苦和悲伤,爸,遗憾一生的你,去往天堂的路上,是否听到我们心底不舍的呼唤?是否一路哼唱刚得病时你给我们唱过的儿时歌谣?是否看到你下放改造的那个林场已隐约泛绿的山峦?是否给爷爷奶奶捎去我们的问候和思念?母亲说,她不忍你继续被病痛折磨,你走了是解脱。可于我,却是无以名状的痛和殇。你走了,从此我的父亲节没了主人公,这个世界上少了一个唤我乳名的亲人。这几天,我每天无数次翻看手机里你的那些照片,反复听手机里录的你一段段含糊不清的话,我竭力在音画中捕捉你的信息。我害怕进你的房间,更怕看那张空空的床。床边或轮椅上似乎还有你的体温,眼前还浮现着你无助空洞的眼神,耳畔还回响着你痛苦的呻吟。爸,我再也握不到你的手,再也不能给你按摩、泡脚、剪指甲、掏耳朵,再也不能给你理发洗头……为你再尽一份心尽一份力的机会没有了。好在,你红尘里最后一道记忆,是我们全家人一起在病房里迎接春天。

虽然父亲晚年里,做女儿的我尽力了,遗憾不多,唯留生离死别的痛。但这三年间,习惯了每天晚饭后去陪他,给他按摩时跟他讲笑话,听他意识清楚时唱儿歌,抑或处理完他内务打扫完卫生后,靠在他身边握着他的手看电视……如今,他走了,我没有了健康地好好地活着、有体力照顾他的精神动力。一时间,空落的我找不到生活的支点了。好在,母亲尚好,她是我明媚的春光。

人生本是漫长的,可在父亲从一个生命到一具尸体再到一把骨头浓缩的短暂里,我对生命有了更深的彻悟——生活中的每一刻,都是那样的弥足珍贵,人生的每一天都是那样的禁不住敷衍。

父亲的慧命在红尘历尽,他在春日回归了。

仍行走在阳光下的我,将与爱我和我爱的人一起,在暖阳中拂去殇之痛,迎接下一个春天的到来。

2016.5.5

我的爸爸我的爹

我的爸爸是我父亲,我的爹是我公公。

爸爸和爹不同的出身,命运也不同。爸爸出生在中医世家,他68岁时我爷爷奶奶尚健在;爹出生在乡下,三岁就没了母亲,跟五十多岁的爷爷公公辗转借住在亲戚家。有父母呵护的爸爸,性格像极了在国民党部队当过兵的爷爷,倔强的性格使得他在1958年反右时因右派言论被下放到农场。缺失母爱又居无定所的爹,被爷爷公公带到县城亲属家后,开始了城市生活。

中师毕业不食五谷的爸爸,下放到农场成了被改造的农民。

初中毕业的爹,在国营照相馆做了一名摄影师。

80年代末,已经落实政策被就地安排在农场的爸爸返城调回原单位时,爹因病退休离开了热爱一生的工作岗位。

90年代初,我嫁给了爹的二儿子。成了人家的媳妇,又一个院儿住着,爹妈的日子,自然也掺在我的生活中。很不习惯爹家里常年不拉桌,每天跟他那些同学喝酒。我不仅看不惯喝酒人酒后失态的样子,也很不喜欢这样不节俭的生活方式。每每给那些喝多了的叔叔伯伯们收拾残局,心里就多些失落,感慨一向勤俭的爸爸没能享受到这样大鱼大肉的好生活。

失落也好,感慨也罢,日子仍然是自家过自家的。独立成家的我在为人妻、为人母的路上,匆忙又偶尔踉跄前行时,爸爸和爹在我不知不觉中稀里糊涂地老了。两个命运不同的人,老的方式也不一样,一个老得细腻老得精明,一个老得粗粝老得让人怜惜。

　　感觉到爸爸的老,是在他第一次走丢,那年他70岁。小城本就没多大,那日,爸爸回家坐了反方向的公交车后,就怎么也找不到家了。待他几番寻找终于回到家,像讲别人故事那样讲述回家过程的那一刻,我的心一下子坠入了泥潭。精通琴棋书画的爸爸,怎么会这样突然老了呢?之后凌晨起来就下楼、烧干电水壶、出门忘锁门……让惶恐无措的我深切感受到老了的可怕,为尽可能不留遗憾,我开始安排时间领着父母去省城、京城、大连游玩。然而,防不胜防的老年疾病,突袭了父亲。脑出血后的父亲不但卧床生活不能自理,还整夜不睡觉唱70年前的儿歌、讲五六十年前的故事,甚至不知饥饱了。常把我当作他妹妹,把我女儿当成他女儿的父亲,直到病危住院都处于混沌状态,以至于临终前的近两个月时间一直靠胃管进流食、靠氧气呼吸,有骨气有才气的父亲是在长时间的昏迷中咽下最后一口气的。八年前他留下的遗嘱,算是他一生最后的真情告白。

　　如今,爸爸离开我已经296天了,每晚去给爸爸按摩、扶他走路、跟他聊天的近1000天的陪伴;保姆不在的日子里,我陪爸爸过夜,每晚和他度过漫漫长夜时,他孩子般在我臂弯下偶尔熟睡的样子;他把我给他买的棉拖鞋放到窗台上,自己光着脚却小心翼翼地用面巾纸盖好拖鞋,小声嘀咕着"别冻着他"的喃喃自语;他夜晚噩梦醒来,两眼空洞地看着我无助的喊声……常常在我眼前一次又一次浮现，每次都泪流满面的我便开始怀念父亲在世的日子，辛苦疲惫却是那么幸福。

爹的老，是四年前他陆续做了心脏和腿的三次支架后。严重心衰加上双侧股骨头坏死，让爹整日只能蜗居在家里。一年里，累计住9个月医院，使得爹对医院、对医生心生抵触。跟医生、护士吵架已成习惯。都说久病成医，辗转哈尔滨、齐齐哈尔和当地医院住院治疗的爹，对自己身体状况应该用什么药很内行，以至于不论用什么药，他都要仔细阅读药品说明书，把每种药的副作用按从大到小顺序排列，觉得副作用大的，不管疗效怎么好，坚决拒用。甚至在他住院期间，每天用什么药都是他指挥大夫。

成了医院常客，整日见证一场又一场的生死离别，又让爹对死亡有了极大的恐惧。对死亡有恐惧症的爹，人也变得抑郁了。要么嚷着买农药喝、要么嚷着跳楼。陪护他的人，只要坐着，他就敢躺下眯一会；陪护的人只要躺下，他就坐着，即便困得拄着拐棍打盹也绝不躺下。整夜整夜的不睡觉，加上严重胃病，只喝粥的爹变得骨瘦如柴。

和哥哥兄弟轮流陪护爹的丈夫，被爹整夜不睡觉折磨得心力憔悴，回家跟我商量用什么方法改变爹的心态。再三考虑，我以一个女儿的身份写了一封两千多字的长信。第二天早上陪护的丈夫回来很是欣喜，说爹当晚看了信后，睡得很沉。半夜起夜，又看了一遍，躺下睡了。可没过两天，又整夜不再睡觉又喊又闹了。住着单间的爹歇斯底里地喊叫，弄得整个病区一层楼的患者每天都来我们病房诉苦，隔壁或者对门的患者更是忍无可忍，一次次找护士、医生、主任逐级投诉。我们知道,爹是用喊叫引起子女的关注。因为即便我们都在身边,他仍喊叫,爹的初衷只是对死亡的恐惧,他并无恶意,我们也都理解他的无助和无奈,似乎只有喊叫才是唯一的释放。

去年年初,爹又雪上加霜得了一种几家医院都确诊不了的疹子,全身长满了指甲大小的疙瘩,奇痒无比,不管是在医院还是在自己家或者我家,婆婆每隔两个小时就给爹全身涂抹一次药水或药膏,然而不过两三分钟,爹就会歇斯底里地喊痒。或许是爹心衰导致的其他脏器衰竭太严重了,他垂危的几天里,除了"太遭罪了,让我走了吧"的无助又无奈的喊叫外,不再喊痒了。

不知道痒的爹,在腊月二十五那天早上永远地离开了。

如今,比爹大四岁的爸爸,已经离开我们9个多月了,明天,也是爹烧"三七"的日子。两位饱经沧桑的老人,终于在天堂开始他们没有痛苦的生活了。

我的爸爸我的爹,天堂安好!

2017.2.10

边走边看

行走在花开花落的绵长里,
心花氤氲成诗行;
与草木情深,
与文字缠绵。
风雨中,
将手心里的暖,
珍藏在心中的山水间。

又见大海

对于这片海,我怀有别样的情愫。再次走近她,心似翻滚的浪花,无法平静。这片我曾亲近过的、载着我美好记忆的海,是否还记得六年前我第一次走近你的那份虔诚?你的每朵浪花每片帆影,还曾记下我轻声的呼唤?我再次来,是以还女儿想见大海心愿的名义,然而,这何尝不是还我自己的愿呢,除了海,又有谁可以让杂草丛生的日子更清澈?

一

我们一家三口刚下火车,旅行社的工作人员就举着接站牌来接站了。早知道去旅顺一日游是最糟糕的线路,什么民族博物馆、什么人妖表演、时装表演、什么狮虎兽啊,这些与海不着边儿的东西令人索然无味的。我们之所以不被"绑架"就上了车,完全是因为这旅游条线路有环游滨海路。最想走走左右盘旋跨山过岭的十八盘的滨海路,想体验一下居高临下的路面似银带飘向海滨的情形;感受一下乘车翻过十八盘时,汽车上坡与下坡呈反常状态的怪坡上妙趣横生的乐趣。车行在滨海路上,我不知道那九十九道湾到底见证了多少有情人大海般深沉的爱情。我只知道,一路走来,左边是悬崖和翠绿的植被,右边就是一望无际的海岸线。看海,与海同行,这是我们来大连不怠慢海的最佳方式。尽管海风在车窗外,海浪在路基上,海的味道氤氲在辽阔的海天上空,但我分明被海风吹潮了心,被海浪濯净了心,被海味浸透了心。车载着我前行,海在原地起涛声。我知道,她在等我,等我听她用浪载过来的每一个和海有关的故事,故事或酸或甜,或涩或苦,都有浪的声音,于我,这就足够了。

二

金石滩一日游是我们自己选的线路。选它的理由不仅仅是这个景区曾经荣获过"中国最佳生态环境保护十大风景区"称号,也不是太看重它的 5A 级旅游景区级别,也不是特别感兴趣诞生于六亿年前的震旦纪岩石,形成壮丽的奇石景观的龟背石抑或九龙壁,选它的理由:一是到这个"大连后花园"里感受感受三面环海的金石滩那三十多公里长的海岸线,再就是被走进渔民家,体验渔民下海打鱼、海钓和采摘海带这个旅游项目所吸引。

坐在游艇上岛的十几分钟行程里,矜持内向的女儿表现出异常的兴奋,我不断地用手机给她拍照,拍她灿烂的少年般笑脸,拍她被海风吹起的飘飘长发,拍她身后泛起的雪白的浪花……说实话,没上船之前,面对这片暗得有些发黑的宏阔的海,我心生畏惧,以至于恐慌得穿反了救生衣。我不知道小小的船儿漂浮在浩荡的水面上,人和心是怎样的悬浮着。当女儿拉紧我的手从游艇边缘触摸到海水的那一刻,那丝清凉顿时涌遍全身,入髓入心的清爽,和着飒爽的海风,我的气息和海的气息一下子就相融了。

在岛上,我们走进了渔民的家。接待我们的渔民除了黝黑的脸颊被海风多吹出了几抹红晕外,看上去和家乡农民没什么区别,倒是他操着浓重的大连口音和大连人特有的热情,让我们有着别样的亲切感。我从没钓过鱼，不是皮肤严重紫外线过敏不敢蹲守河边，也不是没有耐心静坐等鱼上钩，最大的理由是我晕水，特别喜欢水的我，别管是流动的河水还是江水海水，只要有水流有波纹，我就会晕得一塌糊涂。然而这次出海，我不但没晕没吐，居然还能稳坐在船里体验海钓，居然也能钓上来一条活蹦乱跳的小鱼。当我兴高采烈地举着鱼竿和钓上来的鱼与老渔民拍照时，女儿和同船的几位已经各自收获了大半渔篓鱼了。女儿取笑我说："鱼不上钩不是你技术的问题，是你打着遮阳伞的缘故，你想想啊，鱼每天除了面朝大海就是面朝阳光的，你这伞下阴阴的，鱼儿才不愿意上来呢。"女儿显然是怕我大热天钓不上来鱼心里失落，才找那样牵强的理由安慰我的。其实，鱼也好，人也罢，谁不会遇到阴天呢？雪雨阴晴，又有谁能掌控得了呢！

和上次来大连在海边沙滩上拣拾海带比，这次，我是亲自采摘渔民种植的"渔民庄稼"——海带。手刚触摸到海水里一根根粗壮的海带，我神经就开始异常的兴奋，不顾毒花花太阳的暴晒，像小时候秋后捡地一样，闷头采摘。很快，我就成为全船里采摘海带最多的选手。女儿和丈夫笑话我说，听说不要钱，摘多少带走多少，你跟抢似的。我跟自己也跟他们说：几千里，我连一丝海风都带不走，能带这些海带回家？我享受的是采摘的过程，我是想借摘海带来拣拾一份记忆。

三

从小最怕日出前和夜幕降临前的天际，或许是我这个小女人不够旷达，我总觉得那黑蓝色的深邃太过于诡异莫测，或许那铺天盖地的暗淡太过于压抑，也或许是行走在失去光明的路上心不踏实。总之,我第一次见到深沉辽阔的海面时,瞬间跳出脑海的就是暗夜下的天幕,对海的畏惧远大于对海的敬畏。然而,在我第一次来大连,无言的海给予了我无声的渗透后,海便只是我心间的一片水域。她的颜色,她的汹涌,她的奔腾,她的咆哮,她的变幻,于我就是一份亲缘。我就是那一次真正爱上大海的。

我们一家三口去黄金海岸线那天,烈日当头。站在金石滩最辽阔的望海平台上,任凭他们父女选角度拍照,我悄然收起遮阳伞,头顶赤日,面对着大海静默地站着。我用整整半个小时的时间,像完成一个神圣的宗教仪式,与海相望。看她浪花飞舞,听她呢喃低吟。天蓝海阔,风轻云淡。我悬空的心灵,喷发出超然来。苦乐得失,清净污秽,只是这个世界的一个浪花,飞溅上来,又退落回去。宁静的片刻,喘息停歇,也是一次积蓄。那一刻,清灵的空气凝滞住我的脚步;那一刻,涛声阵阵剥落了我心所有的浮华与喧嚣;那一刻,辽阔的海就在我心中澎湃,让蜿蜒于我心的那条路变得宽阔而博远。都说人生是一场旅行,可生命何尝不若水?石过处,惊涛骇浪;生命又何尝不似梦?回首处,梦过嫣然。这一生,谁会为谁守望成一座永恒的雕塑,谁又真的会为谁凝结成一滴千年的泪?谁会为谁把沧海守到桑田,谁又会真的把谁黑夜候到白天?谁会为谁把情丝熬成白发,谁真的会为谁把情耗成落花?

站在海边痴痴地望海,我多了一份虔诚,一份笃定。守住这片海,我独伫一处风景;守住一处情,我独织一帘梦。

临海,望海,我心皈依!

2014.6.20

美丽的绽放

这两年,每每有文友发来去柴河赏油菜花的照片,都能牵出我几声慨叹,心里暗自盘算着油菜花开的季节,一定要找机会去那片花海里徜徉一次。

侄女冬冬今年高考,成绩不错,我和女儿打算请她到近处玩玩。恰值油菜花开时节,我们就决定柴河一日游。听说此行山路颇多,没开车走过山路的丈夫不敢贸然同往,无奈他把借回来的车交给了一位驾龄长又稳重的朋友,陪我娘仨一日游。

夏日的塞北,满目皆翠。大片大片的庄稼铺在公路两侧,绵延成无尽的绿海;散落在有各种颜色花儿点缀的草原上,朵朵云似的羊群或牛群,如一幅色彩明丽的画,鲜亮着视野;远处起伏的山披着绿装,煞有介事地站在那,用它一簇簇着色过浓的绿,炫耀着。我对它的炫耀没有丝毫的责备,反倒对不辜负季节的它心生一份敬意。

车在无际的绿海中穿行,风掠着泥土和青草特有的香味,挤进车窗。裹挟进来的,还有久违的儿时走在初夏乡间小路上的那份清爽与惬意。

两个孩子,放飞的鸟儿样,一路兴奋。一个羊群,一条溪流,一丛野花,都能引出她俩的惊呼,我生怕我们的热烈传染给司机,九曲十八弯的山路上,若惹得他贪看风景,安全可就没有保障了。好在,他的兴奋点刚被点燃,一片盛开的油菜花挡住了我们的路。

那是一片长在山峦下的油菜,一垄垄的油菜炸开着明晃晃的黄花,排成了花的海洋。恣意蔓延在广袤的大地上,纯纯的无边的黄,在远处苍绿的山峦映衬下,璀璨得耀人眼。

车停在了路边,两个孩子飞跑进花田里,我却被这明媚的浩荡震撼了。一望无际的油菜花,就像铺了一层金黄色的毛毯,织锦般灿灿地映着墨绿的群山。我举起的相机镜头里,不管怎样变换角度,拍出来的都是没有横竖行的一片花海。明明是成垄种植的油菜,怎么花儿一开就蔚然成海了呢?

我急于走进这片莫测的海。融进花海的我,细看这十字花科的油菜花:一株株单细地立在风中,虽艳艳的,却算不上娇媚,也不诱人。然而,当我放眼远望,千万株规规整整簇拥成田,给人的就是浩瀚的壮观了。此时,我完全被这不娇气、不起眼的花儿征服了:本是早春三月开在江南的油菜花儿,却在塞北的黑土地上茁壮着,给一片土壤就能完成生命的绽放,这何尝不是我们人生超越平凡的力量,去怒放的最好诠释呢。

我沉思间,两个孩子,已经摆着各种姿势,迫不及待地彼此用手机给对方拍照了。我被她俩的活力感染着,追在她俩身后为她们拍照。鲜亮明黄的油菜花丛中,两个身着粉色和绿色外衣的蝴蝶般的女孩,翩然定格在我的相机里。司机朋友见我也跟孩子似的在那片花海里流连,建议用我的相机给和我孩子们拍照。被花海包围着的我,左右拥着两个花季的女孩,人也变成花儿少年。不知是黄花浸染了我的笑脸,还是黄花的绚丽灿烂了我的笑容,总之,那一天在花田里,留下了我迟了半生的笑靥。

那一日,在花田里,我幻化成一只蝴蝶,息于花间,和淳朴的油菜花一起,绽放了一季的美丽。

2015.8.10

在路上

蜗居在小城里,混迹在整日埋头伏案的人群中,灵魂中仅存的一点点圣洁,也被不知不觉流露出来的欲望腐蚀得面目全非了。潜伏在心里的情绪被压抑得膨胀起来,突然感觉到的危机,把一个念头挤压出来:出去走走,哪怕路边没有风景,只在路上也好。

此行,我本是投医的,但期待更多的是让自己人和心在路上。

虽已安排好行程且又有相关领导接应和照应,但在陌生中冒险行走,人在路上的诸多不确定因素让身体不适的我开始有些惶恐。车在淅沥的小雨中驶离龙江境地,路渐开阔,两侧起伏的青山在雨雾中渐近。打开车窗,风裹携着草木的幽香扑面而来,我悬着的心顿时清爽起来。我贪婪地大口呼吸着新鲜的空气,手抚被吹散的长发,心也被撩拨得在旷野上舞蹈了。风,在耳畔呼呼作响,第一次感受到风的韵律是那样的美。化云为雨的风,此时,也吹落了一地的世俗纠葛和纷杂。

我是在午后的雨中到达乌兰浩特市的。接待方很是热情,雨刚停,几个人就张罗陪我去看坐落在乌兰浩特市城区北侧罕山公园内的成吉思汗庙。建成于1944年成吉思汗庙,是全国唯一一座祭祀成吉思汗的庙宇。庙宇融蒙、汉、藏三个民族的建筑风格于一体,绿顶白墙,具有典型的蒙、藏建筑特色。在建筑群中,有一处成吉思汗箴言的篆刻碑林,这些由蒙文和当代书法家用不同书写体篆刻的成吉思汗箴言,不仅让我感受到了蒙汉文化的相融,更惊奇于有些耳熟能详的名言原来是出自这位一生征战的枭雄。在展览厅内,一幅幅征战和疆域图,将一代枭雄的丰功伟绩镌刻在历史的版图上。尽管昔日征战的疆土,如今已在域外国度的版图上,但成吉思汗和他创造的时代却永远成为永恒的胜利之歌。

于雨中,站在成吉思汗庙前俯瞰乌兰浩特市全景的我,面对群山环抱、高楼林立陌生的现代化都市,心里没有一丝陌生感。即使在淅沥的雨中走进敖嫩湖,我撑着伞,也兴致勃勃地把那湖光山色一一摄入相机镜头。或许,这就是大自然的魅力吧。因为我相信,自然是神的孩子。它的山山水水,辽阔的草原,苍凉的土地,茂密的森林……都让生命有了最虔诚的膜拜。而人作为自然的孩子,让心与身体在行走山水间感受天人合一的境界,哪怕是陌生的旅途、陌生的风景、陌生的路遇,都会让在路上的你感动。在路上,总有一些感动在生命里留存,总有一些美好的故事在记忆里定格,总有一些时光在流淌中被握在手心,让你在未来的日子里只要回想起来都能时时捧起。因从呼和浩特坐诊赶回来的大夫飞机晚点,当日不能看病的我和几百位候诊者只能留住在诊所病房和西哲里木小镇了。

偎依在群山中的小镇,安静祥和。我入驻的是小镇刚刚装修好的一家宾馆,从宾馆的餐厅就能看到后面的群山,山看上去不高,葱绿的山坡上点缀着洁白的羊群,版画一样。我匆忙吃了口便饭,就迫不及待地披着夕阳的霞光向那诗情画意的山坡走去。远看那山很平缓,可越走越觉得吃力,有些气喘吁呀。大抵是初夏的缘故，山坡上的草不茂，花不繁，和我一直向往的辽阔的草原有很大的心里落差。然而，当我踩着滚动着水珠的草一步步到达山顶时，失落的心一下子就被激活了。登高极目知天高地阔，置己苍茫晓寸身之微。内向的我，举目苍天青山，张开双臂，心里大声呼唤——我来了！我相信，脚下的那片土地不会辜负我不远千里的赴约，它一定会听到我的心音，也不会忘记我来过！有生以来第一次在黄昏，走进陌生的山水间，我用一颗素心访草木。在与山水相视的那一刻，我的世界里不再混沌、没有污浊，纯朴洁净得如山坡那片花草。

　　质朴真诚的世界，此时干净得透明。牵着落日的余晖，我走回宁静的小镇。心，从没有过的踏实。或许，是灵魂被自然沐洗过的缘故，被世俗扰乱的疲惫的心才得以安静，以至于那一夜在他乡我睡得从未有过的安稳且香甜。

　　即便，此生我不再踏足这个在中国地图册上需要用放大镜才能找得到的小镇，它的纯良、它的静谧也让我心生爱恋。能让心走出桎梏便是远方，有远方，还会缺少诗么？

　　在路上，于自然中我放飞了自己，寂寥的心也再一次翩然起舞。每一次在路上，都是一次独一无二的行走。每一次行走，都是一次修行。每一次修行，何尝不是一回重生?！

2015.7.1

酷暑故宫行

今年7月末是女儿18岁生日,她打算在北京过。酝酿间,恰好接到我即将出版文集的出版社终校通知,因文集封面是女儿设计的,所以此行便成定局。读高三的女儿有三天假,我又给她请了三天假,出发当天顺利抵京。原打算到京就购返程票,结果,不管是直达还是从省城或齐齐哈尔转乘的任何一种车型,都被告知无铺、无座,连北京至哈尔滨的机票都买不到五日内的。几经查询,得知有第六天晚上从天津到哈尔滨的飞机票。于是,我们买了从天津到哈尔滨的飞机票,同时预购了从哈市回家的火车票。曲线回家的日子定了,我和女儿很快制定出京津五日游计划。

校对完文集清样,第二天我们开始北京之游,首选故宫。

参观故宫,是对历史十分感兴趣的女儿向往许久的,但冒着超过三十五度的高温出游,是我们始料不及的。那天一大早,亲属就赶过来陪我们。我们是从王府井步行去故宫的,没拐到长安街,早已挥汗如雨。挤过天安门前金水桥畔密密麻麻的人群,登上天安门城楼,更是气喘吁吁、汗流浃背。我们年轻人都无法坚持,别说陪我们的年迈亲属了。在天安门前送走回家休息的亲属,我拍着胸脯和女儿保证,一定能给她做好导游。聪明的女儿担心我不能坚持,竟留了个心眼,在天安门城楼参观时,买了一份故宫手绘图后,排队买故宫参观券时,又买了一份故宫导游图。虽然她早在我两次故宫游的照片中看到过故宫的殿、亭、广场和花园，但还是很固执地要按导游图的指引路线，一一参观。用她的话说，大老远进一趟紫禁城，不用自己的脚步丈量历史，不用自己的眼睛看这个世界上现存最大、保存最完整的宫殿建筑群，花钱遭罪就太没意义了。第一次陪女儿游玩，我不忍搪塞。高温下，我笑着跟在她身后，每到一个她认为值得留念的地方，只要她驻足转身，我立刻为她拍照。她兴致很高，我也积极配合。然而，不巧的是，三个大殿有两个维修不开放。女儿在广场和殿门前拍了几张照片，只好边张望边悻悻地与人群从西侧的开放景点向北缓缓前行。女儿的故宫游，真正意义上是从乾清宫和养心殿开始的。

女儿边走边感叹，她说不知道为什么，她只觉得太和殿广场脚下的荒草和破损的地砖让她心生凄凉，怎么也没体会到威严；就连电视剧里看到的养心殿，也与她眼前见到的发了霉味的灰暗的屋子反差太大。至于那些太后、太妃的居所以及帝王、后妃休息娱乐的御花园，她都没感受到奢华，只觉得有一种难以名状的压抑、颓废和萎靡。女儿的失望，让我紧绷着的神经也松懈下来，刚一放松，就明显感觉到体力不支了。我试探着问女儿，接下来还去不去东侧的黄极殿或者养性殿？女儿边擦被热浪灼红的脸上滚下的汗珠，边摇头。我说："别怕妈妈累，你想看哪儿咱歇歇继续。"女儿拉我坐到万春亭的石阶上，眼里空洞洞地幽幽地说："大概前生我就是这里的太妃、宫女或是某个朝代这座紫禁城里的鸟虫或花草，这里的一切一切，都是那么的熟悉，就像我儿时曾经的去处。自打我走进这座紫禁城那一刻起，我一点都没感觉到森严和神秘，没有激动和兴奋。走过看过的每个宫殿甚至后宫的每个角落,都如我记忆里的影像再现。"我笑着说:"是你看这类的资料太多,看这类题材的影视剧太多的缘故,人哪有前世啊。"女儿一边为我扇着风,一边不屑地说:"世上真有轮回!你不信拉倒吧!"看着女儿颇显认真的样子,我逗她说:"好,前朝的太妃,您喝点水、吃个桃子,咱继续看'你家老宅'。"

女儿吃完了一个桃子,站起身拉起我,指指来时的路:"今天故宫看得很扫兴,咱原路返回。"我急了,"别啊,咱还有东侧的参观路线没走呢。你第一次来,尽量少点遗憾,咱现在去东路参观,然后从北门出去看北海公园。"女儿笑着说:"老妈,连前面的两个大殿都没看到,还不留遗憾?可怎么说也不能让你再冒暑陪我继续了,我还小,以后有的是机会。"她越这样说,我越觉得愧疚,上来了犟劲儿:"大殿没参观着是不开放,开放的咱不去多可惜,去!"女儿更犟:"去啥去,你不要命了?非怕我遗憾,你找个地方凉快着,我自己去!"我真急了,语气强硬起来:"你自己可不行!"女儿比我口气还硬:"有什么不行的?我不是小孩!也认识字,你在凉快地方等我,我看完了回来找你!"这个犟丫头,不容我说拉着我往回走,到了日精门里一个有空调的商店,铺张报纸让我坐地上,留给我一瓶水,把另一瓶水和照相机放到自己的包里,转身往出走。边走边回头嘱咐:"我不回来你别走啊!等我!"

我知道,女儿的扫兴便是失望,而这失望不仅仅是因为两个大殿的修缮不开放,也不单单是这里不如影视剧里鲜亮的宫殿模样那般吸引人,也不在于她用心却没寻到历史的足迹和气息,更多的是我的被动相陪。原可以做向导的我,那日多吃了两次缓解心脏不适的药,仍被闷热的天气折磨得举步维艰。坐在那暗暗的屋子里,看天南海北的游人兴致盎然地购买纪念品,我心里的遗憾和愧疚弥漫开来——女儿自己在那偌大的广场和陌生的宫殿间走来走去,她会迷路么?没撑着遮阳伞的她会热晕么?让别人帮她拍照,照相机会不会被人抢走……我开始担心起女儿来了。想出去找,又不知道女儿回来走哪条路,要是我俩错过了,孩子找不到我更着急。想发信息,女儿关着的手机又在我包里。只好耐着性子等,懊恼、焦急伴着愧疚,让我坐立不安。不到半个小时,一脸汗的女儿匆匆回来了,看着她的身影出现在商店门前,惊喜、怜爱、内疚瞬间化作眼泪,喷薄而出。女儿见到我第一句话就问:"妈,没事吧?"那一刻,我和女儿像隔了半年没见似的,我抓着女儿的手,眼泪怎么也止不住了,我哽咽着说妈没事,妈是等你等着急了。我完全可以想象,刚刚的半小时里,我的女儿是如何在人群里急急穿梭,又如何心急如焚地牵挂我的样子。

　　过了好半天,我才平静下来,我拉着女儿的手问她都去哪了?她说:"来故宫原本最希望看的就是珍妃井,但看了看路线图太远,怕你着急我就顺便在东路的宁寿宫等几个殿看了看,拍了几张照片就回来了。"的确,那个关于珍妃故事的井,女儿一直都想看的。女儿也一直想从那个井来考证当时慈禧到底是怕光绪皇帝被珍妃给"赤化"了,还是想借珍妃的死来让光绪皇帝死心塌地跟她西逃。然而,那日我俩真的疲惫到了极点,看珍妃井的计划只好放弃,从神武门走出去再游北海公园的想法,也被桑拿天气搞得变成了马歇尔计划。

　　骄阳如火,暑气逼人。看到女儿脸上挂着的成串的汗珠,想到疲惫到极限又没带手机的北京亲属,一点消息也不通,不知会不会晕倒在路上、车上,是否安全到家?惭愧、不安和焦灼,让我的眼里再次涌出泪水,眼泪伴着汗水混在一起淌了满脸,越擦越多!女儿见状,为我撑起了遮阳伞,示意我赶紧回去。我们娘俩相挽着从东华门出来,在筒子河边照了张照片,就磕磕绊绊地走回东安门大街的宾馆,连汗水浸透的衣服都没脱,一头扎到床上没了声息。

2011.8.12

王府井之夜

去北京前选住处，就预订了东安门大街上的宾馆。这不仅去王府井步行街方便，而且以前住过，环境熟悉，那里热闹中带有清静，便于休息。宾馆附近小吃很多，门前就是有名的东华门美食坊夜市，天还没黑，连成一排的88个小吃夜摊就一字排开，令人垂涎欲滴的各种小吃竞相上市，招揽顾客的叫卖声此起彼伏。夜幕尚未拉开，就有黄皮肤、白皮肤、黑皮肤的国内外不同种族不同年龄的人光顾，他们围在一个个热气腾腾摊子旁，贪婪地品尝各种风味小吃。我素来对街边小吃不感兴趣，女儿也怕不卫生吃坏了肚子。我们只能用照相机把这情景摄入镜头，然后走上王府井大街观光、逛街。逛街自然少不了购物，女儿拿着在车上就写好的给姐弟、同学和长辈的礼物清单，在各大小饰品店，挑挑这个手镯，又看看那个卡通笔；瞅瞅这个保健的按摩器，又选选那个精美的金属书签……只走了三五家，名单上标注的礼物就差不多买够了。看看天色还早，夕阳的余韵仍撩拨得人心里亮堂堂的，我和高我一头的宝贝女儿携着手、提着大包小裹小饰品，在王府井大街漫步。累了，就在街旁的椅子上，看着摩肩接踵的游客，吃着透人心肺的冷饮，迎着拂面的微风，感受着夏日夜晚的惬意，悠闲得如冬日雪地的麻雀。

我们随着人流走走停停，身边忽然有车停下来。女儿正诧异步行街还有车行驶,车上播音员一样甜美的声音就传过来:"王府井、皇城根遗址到菖蒲河公园专线旅游观光车,现在就要发车了,有想乘车观光的朋友,请上车,往返半小时。"女儿与我对视了一下,牵着手就上车了。车上人不少,坐在后面座位上的是一位慈善的长者,他见我们母女上车,微笑着往里挪了挪身子,示意我们坐下。都说微笑是最好的通行证,此时的微笑,就让我们身在异乡的娘俩倍感温暖。车慢慢开动,乘务员的讲解也随之开始,她的讲解也无非是车行路过的大街两侧景观。刚才上车时还觉得太阳仍卧在地平线上的,不知不觉天渐暗下来。车过老舍故居、北京四合院、五四广场、北大红楼和皇城根遗址时,我们相机里拍下的照片就变得模糊不清了,女儿大呼上当。身边的长者慢悠悠地劝女儿:"出来玩就是开心的,可别不高兴哦,你还年轻,以后有的是机会再来北京。咱花几十块钱不但感受了北京的风情,还乘凉兜风了,也不错嘛。"我也打趣她:"吃一勺冷饮都要16块钱,人家这车拉你转了半小时,花40块钱不冤。"女儿和长者会心一笑,我们继续兜风。

回到观光车的起始点,旁边就是高大的王府井书店,灯火通明熙来攘往,女儿站在门口向里张望。我从身后推了推她:"看啥呀,进去转转!"在三楼,女儿看好了几本社科书,但苦于太厚太重,回程不好带,便只选了三本适用的课外书,捧了出来。走出书店,满街灯光璀璨,阑珊的夜色下,人流如织。大小商铺火爆如白天一样,人头攒动。举着不同颜色不同旅行公司小旗的导游,穿梭在步行街的人海里,身后操着不同口音的各地游人,从路这边窜到路那边,进进这家店,看看那家店,任凭导游高声不要走散的提醒,仍乐此不疲地边走边拍照。我们被他们裹挟着、感染着,几乎是被人流挤进宾馆的。回到房间,女儿边洗澡边感慨:"怎么像乡下赶集似的?"我说:"这个屯子可是全世界数得上数的大屯子。"女儿摇摇头:"这就是传说的城市夜生活?"说完自己嘿嘿地笑。真正的夜晚来了,我们躺在空调适中凉爽的床上,抢着翻看相机里的照片,一张张一幅幅被我们带进了梦里。

2011.8.13

漫游大栅栏

在京的第二天早饭时,女儿和我商量剩下的一天时间怎么过。鉴于前一天在故宫外景游玩的酷热难耐,我们不敢再选择市内专线的一日游。至于开始计划的恭亲王府、大观园、海底世界,什么北大清华,圆明园或者中华世纪坛,都只好忍痛放弃了。逛商店凉快,但我们没有购物打算。不管购物还是闲逛,去大栅栏步行街是不错的选择。关于大栅栏,我并不陌生。我去年就和父母、亲属逛过两次,也给女儿介绍过兴起于元代、建立于明朝,从清代开始繁盛有五百多年历史的商业古街。她虽然第一次来,但对这个地处古老北京中心地段、天安门广场以南,前门大街西侧的闻名遐迩的大栅栏很感兴趣。不知道她是从哪听说的老北京有句顺口溜"看玩意上天桥,买东西到大栅栏。""头顶马聚元,脚踩内联升,身穿八大祥,腰缠四大恒。"听她这一念叨,我不禁暗笑,这鬼丫头,看来到北京前她没少做功课啊。我打趣她:"好啊,那我就带你去见识见识内联升的鞋、瑞蚨祥的绸缎,看看马聚元的帽子,瞧瞧张一元的茶叶,领略领略传统中药的同仁堂老店,吃吃东来顺火锅。"女儿边收拾行李,边催我:"还唠叨啥呢?赶紧穿好,下楼结账,去大栅栏!""妈呀,结账不回来了?""回什么回啊,今天晚上天津下榻了。"

去年陪父母来大栅栏,在街口的宾馆寄存了行李,这次又是先把行李存下，然后轻装上阵。像回到熟悉的家乡一样，边给女儿拍照边介绍这里的历史与风情。女儿也确实对这条古老的商业街十分感兴趣。她指着一座座店铺说："嗯，这红墙灰瓦，古色古香，才是传统的中国式建筑。"从街上拍照到出入一家家店铺，她乐颠颠地逛来看去的，我也喜滋滋地跟着她，只要她选什么，我都会在旁边参考着。她说这条街上的小玩意，不但许多是她没见过的，更是她认为最便宜的。唯觉不能理解的是，内联升的一双手工布鞋，会比一双上好的皮鞋还贵。在张一元茶店，她把玩着有京剧脸谱、剪纸、中国古建筑等图案的茶叶包装礼盒，爱不释手。在狗不理门前，她抱着门前慈禧和李莲英的雕塑，让我拍了好几张不同角度的照片。在大栅栏百货店里，她精挑细选给自己选了一对精致的软陶手镯。这条街虽熙攘繁华，但不喧哗不吵闹。或许是人们对传统文化的崇敬，抑或想对这份古老和历史的静心聆听。在这安静中，我们听到了京腔京味的吆喝声。原来是东来顺门前身穿长衫、肩搭白毛巾的伙计在招揽顾客。女儿说她只在影视里见过这打扮的，停下来和那个店小二打扮的伙计拍照，照完她用手指朝里面指了指。俺这女儿最爱吃火锅，看看表，也到了饭时，索性拉着女儿东来顺吃火锅。

始建于1903年的北京东来顺火锅，在北京的老字号中早已闻名遐迩。东来顺涮羊肉选料精、刀工美、调料香、火锅旺、底汤鲜、配料细、辅料全，共有八大特色。北京东来顺火锅除涮羊肉部位齐全以外，各种蔬菜、面点应有尽有，符合荤素互补、酸碱中和、营养搭配的要求。东来顺的装饰和服务也是顶讲究的，我们坐在那里作了一回上帝，很觉得摆谱。但是，不吃不知道,一吃吓一跳——好家伙,比在家全城那个最火爆的叫穆恩阁的回族火锅店,整整多消费了三倍!女儿自嘲道:"别看家里的火锅店吃着顺口,但这可是百年老店呦,咱吃的不是味道,是火锅文化。"品味过了火锅文化,取出行李,顺着新建的前门大街步行街,边欣赏着两边的特色建筑,边顺着大街漫游。去年和父母一起来时,和他们在喷泉前合影的情景历历在目,时间之快令人感慨。这时,一辆叮当车开过来,我们只顾前门为背景拍照片,错过了已经发车的叮当车。打算坐下一趟叮当车感受感受,游人说要一小时才发呢。一早就打算天津下榻的我们,不好在这里再耗时间了,只好在前门东大街拦了辆出租车,直奔北京南站乘城际快车去天津。

一路上,女儿一直用手机发微博,显摆她在大栅栏的见闻。第一次走进亿万人向往的北京城,女儿选了两处步行游览,与其说北京的王府井和大栅栏在她眼里是新鲜的,还不如说北京在她心中是鲜活永恒的。因为,关于北京、关于北京的步行街,于她已不只停留在地图上,而是她曾经的身心相融。

2011.8.15

津门掠影

从北京南站乘城际列车,只半小时就到达天津了。找到我们预定的宾馆,洗漱完第一件事就是在天津地图上搜寻旅游景点。女儿那天决定来天津时,就提出想看看海。对海的向往,女儿比我更强烈。北京天热,计划去的地方有几处没去成。觉得愧对女儿,打算在天津弥补她,也希望能在天津了了她看海的心愿。

在刚下火车坐出租车去宾馆的路上,我们就向热情的天津出租车司机询问过在天津想去看海都有什么线路、怎么走。司机介绍说,线路可选择乘火车去塘沽,然后再坐汽车去海边旅游景区。但那景区的海湾是海水涨潮时蓄积的海水,游玩项目也不过是其他江边可以玩到的,大热天折腾去了,回来一准失望。还不如在市内坐车40分钟去滨海新区的海河外滩公园,那里有香港电影《赌神》的实景赌船"东方公主号",还能看到有着海河"第一桥"之称的海门大桥呢。整个一个晚上,我们都拿着笔在天津地图上圈圈点点。最终选定在市内做两日自助游:看看海河,去静园、周邓纪念馆、意大利风情旅游区和鼓楼、古文化街以及南市食品街。

早上刚起床,我们就意外接到了有亲属在天津住院的消息,早饭后就打车去寻那家医院探望。许是亲属的病让我俩心情不好,许是晕车加上37度的高温闷热让我们无法适应,从医院回来,血压都低的我们母女,迷迷糊糊地在宾馆餐厅吃口饭,便泥一样瘫在房间的床上,半睡半醒耗掉了一个下午。天津第一天,游玩计划空白成了一张无字的纸。总共两天半的逗留时间,女儿无论如何也舍不掉走走看看的想法,任凭第二天仍高温酷热,忍痛锁了空调房间的门,冲向桑拿般的天津大街。为稳妥,人生地不熟的我们娘俩,在看了又看地图后,还是在路口向那位被晒得黑黑的女交警问了路。

耽搁了一天的日程,游看的景点自然就有减有侧重了。第一站我们打算去末代皇帝溥仪携婉容、文秀在天津的居所静园。不料,静园门前停了五六辆装着摄像器材、服装、道具的车,走近一打听才知道,有剧组在此拍戏,静园闭园。有些懊恼,奔下一个景点周邓纪念馆。去看看与毛主席纪念堂齐名的、中央政府建立后新建的规格最高的纪念馆之一——周恩来邓颖超纪念馆。去这个世界上唯一一座为夫妇两位伟人共建的纪念馆,我和女儿想了解周总理夫妇为什么把他们的骨灰撒在了海河?用一个生活在和平年代里的普通人的普通情怀,来缅怀两位伟人。然而,走过去又被告知临时维修闭馆。两次失望,我们对馆、园游心生犹豫了。近午,我们在附近一家很干净的韩式料理,吃了别具特色的韩式午餐后,决定去意大利风情旅游区走走。

公元20世纪的天津,曾经有八个国家在此设立了租界。洋人们在那里建造了不少欧式风格的建筑供他们办公和居住,而意大利租界的地点就位于现在的北安桥和天津火车站之间。如今,这个以体现浓郁的意大利风情为特色的风景区全部整修一新。以意大利和中国两国历史有联系的马可波罗广场,就成为意式风情园区的最独特的亮点。那些别墅房顶多为意式角亭,角亭高低错落,构成优美的建筑空间,和北京的古建筑有着很明显的差异。走在异国风情的街道上,满眼都是欧式的建筑和风格迥异的西餐厅。我和女儿在比我个子高的啤酒桶前拍照,在西餐厅里吃冷饮,在有着异域风情小店把玩精致的瓷器、饰品……女儿对建筑很感兴趣,边走边拍广场周围的建筑。听说这里还有意大利兵营,但无论如何我们也无法接受9个国家在天津驻军,把堂堂的大清帝国心脏监视起来的羞辱历史,无论如何也迈不开走向军营参观的脚步。女儿倒很想看看梁启超在意式风情园居住15年的故居,但又不想看袁世凯的故居,纠结的她放弃了参观的想法,拉着我向街外的海河走去。

因耽搁一天日程,没去看海的女儿,在海河前拍了一张又一张照片,不失时机地在金狮桥上拍了几张特写。然后随着人流,走向海河西侧的滨江道商业街和和平路商业街。由于刚才在午后毒花花太阳下意式风情街的暴晒,我们已无力逛街了,好在也不想买什么,就乘上商业街的观光车,车上游览了两条街上的百货大楼、劝业场、华联商厦等历史悠久的大型百货商场,与亨利钟表店、冠生园食品店、盛锡福帽店等老字号商店擦肩而过。下了观光车,我们直奔路旁的肯德基店,痛痛快快地吃了两份冷饮,在夕阳下的微风中打道回府。

2011.8.16

探寻格格府

看了海河,也领略了天津的意式风情园的独特魅力,目睹了天津的商业街的繁华,见证了南市食品街的热闹,最后一站是天津鼓楼风貌街。鼓楼风貌街有东镇、南定、西安、北拱四个城门,古玩字画、古典家具、书画城、裝裱行等店铺布满风貌街。最吸引人的是广东会馆和格格府等晚清建筑,在这个老城厢仅存的清末风格的四合院,这个天津格格府典藏博物馆,我亲近了一位叫裕德龄的格格。

我们是起早去鼓楼风貌街的,我们到达时,整条街的店铺很少有开的,虽然没能在走进鼓楼街的第一时间更近地欣赏到一个又一个极具文化特色的古玩字画、文房四宝店,也没能等到这条街的皮糖张、泥人馆等店铺开张。那个清爽的早晨,只有我们母女和一位看似外地的教授模样背着挎包端着相机的老者,街上静静的,没有人出入,店铺招牌与泥塑艺人、裱画雕塑、大清的大龙邮票等雕塑一样静默着。迎风沐雨的它们,用它们的静立,与我们寻古的视线呼应着。我们就是在这样的境况下看到门前挂着一对红纱灯的格格府的。尽管大门紧闭,走过去拍照片的女儿仍肯定地说,这一定是个参观馆,咱转回来一定进去看看。不出女儿所料,我们在渐渐醒过来的古街上往回转的时候,我们眼前的格格府门是敞开的。巧合的是,刚才遇到的那位老人,也在我们身后走进了这扇开着的门。有两位年轻的大学生模样的男孩接待了我们,每人10元的门票,我们三人他收了20元。

天津格格府是清光绪时期清宫第一位女翻译官、慈禧太后贴身翻译——裕德龄在天津居住的府邸。这位通晓8国语言的翻译官,被慈禧在她70岁万寿节期间封为郡主,即满语的和硕格格。虽然2006年在中国播出的电视连续剧《德龄公主》称她为公主,但这位不是努尔哈赤嫡裔,根本没有晋封公主的可能性。格格也好,公主也罢,如今这个天津首家私人博物馆的新主人,是一位集房地产董事长、影视投资人、慈善活动家为一体的现代传奇女性臧秀云。这位资深的古玩收藏家,在她的私人博物馆里收藏了诸多业内叫绝的珍品。

第一次踏进天津清末风格的四合院,新奇中夹杂着一份对历史的敬畏。这是一个前后两进院的建筑,显得有些狭小和拥挤。前院的门前右侧是一个老式的木轮车,上面斑驳的红漆和车上如盖的透绿的石榴树及绿叶间挂着的红色纱灯形成了强烈的反差。左侧是一顶鲜红鲜红的花轿。这进院子木车旁的厢房是瑞月澄空馆,它对面被花轿挡着半个窗的是古韵香云馆,正厅是含华炳丽馆。我们一一走进陈列明清瓷器的瑞月澄空馆、陈列包括商周时期宴享和祭祀用的有青铜簋在内的各朝代老窑瓷器的古韵香云馆,以及臧秀云女士收藏的多件国宝级文物藏品馆——含华炳丽。第二进院的右侧是和硕格格的书房玉彩凝清馆,左侧是辽代、清代等的金玉彩陶等展品的物华天宝馆,中间是气雅神融馆也就是和硕格格生前起居的馆。我们走进气雅神融馆,身后仍然是那位与我们一起来的长者,讲解员走过来给我们做讲解,他告诉我们,帷幔里的被褥都是当年和硕格格用过的,我猜想那里一定是禁止游客触摸或者坐卧的,不过,就算是可以,我也绝对没有勇气坐上去,我怕我的不敬辱没这位才貌俱佳的女翻译官。我和女儿在卧室外的椅子上,象征性地用坐着的姿态拍了一张照片,就走出这间神秘的屋子。我努力撑开思维的翅膀,怎么也想象不出当年那个才貌出众的女孩,避开纷争的宫廷,放弃那优越的万人仰慕的位置,在这里过着怎样闲适的生活。

当然,最让人感叹的是,这样一位生在末世、母亲是法国人却被封为格格的才女一生。她在和那个美国驻沪领事馆副领事撒迪厄斯·怀特结婚8年后,随夫去了美国。在美期间,她用英文撰写了许多披露慈禧及清宫生活情景和晚清政局见闻的回忆录和纪实文学。抗战期间,参与宋庆龄发起的保卫中国同盟活动,在海外从事爱国救亡运动,为给抗日军民筹集经费和物资做出了贡献。格格,是皇家小姐的统称,在我思想里是养尊处优的代名词,是不闻宫外事的高贵的女眷。而这位年仅58岁就因车祸逝于加拿大的和硕格格,却是一位难得的爱国的慈善家。

同长者一起走出格格府,外面骄阳似火。转身再看看这古老的院落,我仿佛穿过时空隧道回到遥远的清代,看到曾经是现代舞蹈大师邓肯弟子、这个房子的主人和硕格格正在闺房抚琴,琴音缭绕,在我的心间久久回荡……

走进格格府,带领女儿近距离结识一位才女,也算这次匆匆京津之行一次意外的收获。

2011.8.17

红叶谷品秋

当距离不再是距离的时候,我踏上了赶往红叶谷的征程,于秋风中去看你——红叶。一春一夏的绿意花红,化成了五彩的颜色,将整个红叶谷晕染成了无边的烂漫。你,就在那儿静静地等着我,等我这个你久等的归人来看你。

来见你,我以拥抱的姿态与你亲昵。我揽住一怀从远古来的风,穿行在缤纷绚丽的丛林中,我收起相机,生怕它的曝光惊扰到你穿越千年而来的秋梦。在你沾满唐宋诗词意蕴的叶片下,我虔诚仰视。那一刻,阳光,有几许明媚;暖意,刚被红叶点燃。湛蓝的天空下,片片枝头舞动的红叶,光鲜得耀眼。霎时,秋之薄凉,凋之感伤,都在这幅蓝底红叶的画卷上舒朗成纯净。这童话般的纯色把我的思绪融化了,灵魂却飞出画外。

拾一枚被脚踏过的红叶,我问自己,红尘里到底有多少生命的姿态?这枚红叶的离殇,是否会真的比陪它走过春夏、经历过风雨的那株枫树更痛?沐霜变红的叶儿,转身滑落时,优美的弧线里,可曾慨叹一季的悲欢?这枚红叶又将忍受怎样的不舍与流连?在长满苔藓的石缝里,落下的句点,触碰到了一朵晚开的小花时,是否有过惊喜?

拈着这枚红叶,我向同伴挥挥手,相机的镜头里,便收录下了被岁月搁浅的枝叶。我轻轻地将这枚红叶安放在了铺满台阶的枯叶上,把它回赠给它的岁月。

每个生命都是单独的个体,我和这林子里的每片红叶,该都有着属于自己的一份精彩。红叶的精彩在于它用经霜的燃烧,点燃秋色;我的精彩呢,或许该是尘埃之上有我生命的痕迹吧。

　　拉法山下,我于秋的清宁中,舒适地醒来。窗外,一夜的风不知又让多少落叶簌簌如雨。推开窗,我闻到了岁月丝丝洗礼后的一缕缕清爽馨香的味道。尽管,拉法山庄门前正前方的太阳已跃出云霭,但山庄左侧的拉法山却笼罩在雾中,蒙蒙的。我转身回到房间,取出相机,爬上窗台,用镜头一一描摹朝阳、远山、薄雾、云海……醉在云雾里的我,早餐后仍心盈悸动。

　　都说秋水无尘。行走在斑斓的红叶谷,我静谧的心被涂成了五颜六色,人也活跃起来。从这棵树奔向那棵树,相机闪光灯频闪不停。似乎视线里的每株树、每片叶,甚或是一朵杂草下的野花也都不忍错过。直到我遇到了一汪山泉,心才随着脚步静下来。那水涓涓地流淌着,像是被画家画上去的一片挨着一片的、大大小小的多彩的叶子,铺在平静清澈的水面上,在流动与静止间,我无法分辨出光阴的游走。本是凋零的画面,却在我柔软的心底里,升腾出了一份优雅,一片静美。站在这至清至纯的水边,看着上面浮着的落叶,我想起"枯草本是有时,枯者从它枯,荣者从它荣"这句话,心释然了。不是么,每日匆忙,无暇顾及的花开花落其实只在一念之间。风可以让花开,又可以让花落,何必再去探问花儿为什么开,花儿为谁开呢?

　　红叶谷的秋,山色似着墨稍重的油彩画,层层浸染。它唯美的姿态,像身着五彩罗衣的女子,偎在大山深处,等着有情人的眷顾；红叶谷的秋，又因纷呈的色彩，而变得些许繁华热闹，让本枯成一色的单调萧瑟的秋，有了喜庆和妖娆。走在秋日拉法山国家森林公园，满目斑斓。簇在枝头的或绿或黄或红的叶子，拥在那里染着山色。经年，岁月带走了叶的年华，无意中成全了游者赏秋的意趣。叶，用它凋落前的最后一抹色彩，装点着大山，让山和树有了生命的颜色。我想同样有生命的我们，也该和这红叶谷里每片叶儿一样，做一个点缀别人人生的幸福人。

  落花与落叶在风中自在飞舞，朦胧的秋意里，唯有人在季节与思绪中徘徊。凡世的我常常在这即将褪色的季节，用枯干的笔，黏稠的墨，在青黄卷曲的画卷上涂抹忧郁。然而，此时，我揣着一颗素心，盈一怀诗意，凝聚一脉心香，将秋意的一缕缕素然安于掌心。走进红叶谷秋的花季，我无论如何也不忍惊扰这遗留的美丽，更不想在这微寒的时节里，为一地的落叶叹息。因为，走进红叶谷那一刻，我在火红的枫树林里，嗅到了时光丰碑上除了沧桑还藏有的暗香。

  品过了春，遇到了风；途径了夏，又经历了雨，在秋中，我远远地赶来看你——红叶。今生有缘与你相遇，捡拾品阅你的热烈你的静美。我愿你的火红来安暖我琐碎的生活，也愿静默于红尘的你，安守在我生命不变的底色里，以此，点亮我灿烂的人生，照亮我璀璨的四季。

2014.10.3

走马观花道台府

　　前几年偶然在黑龙江电视台看到哈尔滨道台府的介绍,很感兴趣,因为哈尔滨市内的太阳岛、龙塔、中央大街、防洪纪念塔、索菲亚广场、俄罗斯风情小镇、文庙,包括哈尔滨市附近的京上京博物馆以及二龙山,万佛寺等都去过了。这个作为哈尔滨历史遗迹的景点,我倒真没去过。这次去哈市接孩子,圣诞节那天恰巧去道外区办事,看看哈尔滨道台府的想法油然而生。因恐大冷天路不熟走冤枉路,我们还顺路接了一位哈市的亲属给我们做向导。

　　在今年入冬以来最冷的这天中午,我们走进了哈尔滨关道遗址文化公园。我们是从北新街进去的,低矮灰暗的门与后面滨江国际大厦鲜明地对峙着,冷清的门前,除了我们三个游人外,就是刚刚聚拢到一起的穿着红衣红裤的扭秧歌老人。大抵是天太冷,也许是大家都在酒吧或者酒店过圣诞节,偌大院子清冷空旷萧索。女儿看着那些古不古,现代不现代的建筑,只嚷着别扭,要不是看在每人30元门票的份上,说什么也不肯继续转了。我不知道这个门是不是此公园的正门,也不知道这个1906年清政府奏准,1907年设立的办理吉、黑两省铁路交涉,稽征关税的行政机构原址,是否能被门票上的"文化瑰宝 清风古韵"几个字囊括。我只知道,这个仅存六年余的机构,时移世易,沧桑百年后,在仅存的道台衙门基址上,于2005

年修复后成为省级文物保护单位。

在道台府,我们一一参观了大堂、上房和厢房,书房和衙神庙。大概是冬天的缘故吧,什么工房、刑房、礼房、户房……都紧锁着门。走进大堂,影视剧里看到过的挂着明镜高悬字样的匾额、肃静、回避的牌子,桌椅、惊堂木……都被现代的油漆粉饰得光洁鲜亮。女儿不屑这不伦不类的装扮,觉得找不到厚重的历史感,像看画片。我和亲属都很感慨:现在的孩子见识广了,也有思想,这里能真正给孩子启迪的东西,应该说不是很多。女儿则调侃着说,不是我年轻不尊重历史,你看衙神庙太小,除了三个神像,哪能看出是庙啊;又说慎思堂那两张床摆的不太好,有点亵渎慎思堂的名字;还说窗户纸虽都破损了,但即使做旧做的再像旧物,也做不出百年的沧桑。唯有大堂右侧的那个历史展览室,女儿颇感兴趣。不论是那里的历史照片还是当时器具物件,她都觉着新奇。在我们第二天回家的车上,她还和她的同学提到那个展厅,提起那"□□",她和同学说:不但那两个字特别,那东西也很特别,什么靴子什么皮鞋什么羊毛鞋垫,都没法和那东西相比。女儿还把我亲属在进大堂前,故意将"天理国法人情"几个应该从右往左念的字念成"情人法国",当成笑话讲给她同学听。

在走出哈尔滨关道衙门旧址前,我们三个人轮流在当时道员和他夫人向同心树祈福所经的同心桥上,拍了几张照片,祈福在新的一年里幸福好运;祈望走近圣诞之日的我们,能在山海之石的庇佑下,共享健康快乐。算是我们在滴水成冰的日子里,有幸走进这座历史遗址的一个慰藉吧。

走进哈尔滨的道台府,我没找到电视宣传片里那份厚重。

在此之前,有人能提及、在网上查找哈尔滨道台府时,介绍最多的是道台府的传统特色小吃,但我们在当地的亲属带领下,找了一大圈,也没找到一个和道台府有关的饭店或小吃店。冒着凛冽的寒风,最后在北新街边找到一家火锅店,几乎冻僵了的我们,穿着羽绒服吃了顿火锅。

  回到住处,我和女儿上网百度查找哈尔滨道台府,只有一条关于哈尔滨道台府简介的标题,却无论如何也点不开。我们又百度黑龙江旅游全部景点,但在"历史遗迹"的景点中,也没找到道台府的字样。遗憾之余,女儿想到了门票,结果,令我们更失望的是:有几张照片的门票上,哈尔滨关道只有百字左右简介;而那个购票条形戳上,标注的日期居然是 2000 空格年和空格月日,到 2011 年已经过时 10 年之久。我不由得为这个道外区斥资修缮的历史遗址,今日如此冷清而心生悲凉。

2011.12.28

长春一瞥

一月中旬,我和女儿去了一次路途不远但从未去过的吉林省会长春市。

女儿今年高考,当家长的就怕她考场有失误,弄不好考个高价的三表,耽误孩子不说,经济也将蒙受巨大损失。一个月就挣那点死工资,承受不起啊。思来想去,给她备一个学前教育。二表分数能录一表自愿,很不错的。听说目前学前教育专业国家很重视,无论从建立公立幼儿园加大力度方面,还是幼儿教师待遇方面,都出台了一系列的相关政策,这个专业的学生就业前景还算乐观。只是女儿不但没学过学前教育需要考的器乐演奏、声乐演唱、简笔绘画、形体朗诵等,而且也不喜欢幼儿教师的职业。我再三解释说这只是备用的,而且就算是学了这个专业毕业也未必去幼儿园当老师,可以从事幼儿教育其他工作。女儿勉强答应后,突击两个月,不识五线谱的她硬是背键盘练熟了两首八级曲子;每天早上起来边靠着墙练形体边练绕口令;一天画9个小时的简笔画,愣是从一个画花像萝卜的手儿,练成了10分钟画三个人物形象的功夫。练得差不多了,女儿提出要求:如果报学前教育专业,只考东北师大。于是,有了我和她的长春之行。

报名到考试,我们只在长春逗留不足四天时间。赶上降温,我怕出屋感冒影响女儿考试,我们娘俩只在考完试第二天的一天时间里，在东北师大所在的人民大街上和附近的两条街上走了走。行前打算去参观的伪满皇宫博物院、长影世纪城，也只不过在宾馆房间的电脑里浏览浏览罢了。我们此行也只算与长春碰个面，但对长春的印象却十分深刻。或者说很喜欢这座古老而年轻美丽的城市，甚至在回来的路上我和女儿建议，在同等条件下，优先考虑报东北师大。

  我这人最挠头的就是坐车，晕车很严重。长春人生地不熟，带着女儿担心不安全。去之前，我给文管所邹所长打个电话，要了他的儿子邹韵的电话号。邹韵从小就聪明伶俐，好学懂事，大学毕业后在长春电台做节目主持人，近年来他自己主持了一档节目，节目话题也常征求我意见，曾经有过联系，求他接站稳妥。没想到这个孩子提前一个小时就到车站等候了，大冷的天，我们下车后不好意思在站前停留。即便是新修建的长春火车站，我们也是在站前广场对面等车时远远看了几眼。车行在象征长春森林城市的人民大街上，两侧老式建筑在林立的高层中格外扎眼，很像电视新闻里看到的朝鲜建筑。和我有同样感受的女儿解释说，一定是这里与朝鲜相距太近的缘故，的确，在接下来的几天里，我们见到的最多的是朝鲜族饭店。作为省会城市，在现代化建筑的设计规划理念里，仍然保存着古朴的老式建筑，这种错落远比清一色的擎天柱一样的高层更体现着浑然的视觉美感。这种淳朴与现代有机相融的完美，少些浮华却多了一份厚重。这也是我喜欢长春这座城市的原因之一。

  长春不愧为汽车城，交通很便捷，路不是很宽，但堵车时间却不是想象中那么长。长春的出租车起步价很便宜，居然和我们县城的出租车起步价一样，公共汽车和专线巴士也特别密集，不但有随叫随停的中巴车，更有我女儿见都没见过的轻轨车。司机师傅也不像北京、天津等大城市那样的冷漠，也许能听出都是东北口音缘的故吧，司机很热情，很亲切，也很善谈。从长春的历史，讲到长春的今天发展变化。出租车——这个长春的推介窗口，比旅游公司的长春简介中更直接更丰富。宾馆消费也比哈尔滨、沈阳、大连等城市低很多，三星级的宾馆环境也都相当不错。我们娘俩逛了人民大街上的国商百货和自由大路上的百货店，虽时尚商品琳琅满目，但这种叫百货的店里，看到的不是那种商厦、商城的奢华，就是摆货的形式也和多年前的百货商店一样，不招摇、不修饰，让我感受不到与奢华的距离，即便不消费走走看看也不显尴尬。

　　给我留下更深印象的是长春的人。不管是在宾馆还是饭店、商店的服务员，都很朴实。她们都能家人一样，给你的消费以最实在的建议。比如在饭店，你看着菜单拿捏不准花哨的菜系时，她会适时地建议您：这个菜很贵，而且看上去好看，但不是大众口味，你和孩子未必吃的可口，请你再选。比如你路不熟，要打车，路人知道你去向后会很友好地告诫你：坐大巴吧，经济实惠，车就停在你要去的那个地方门口。报名考试，三次走进东北师大。见到的那些大学生，也特别让我感慨。我们去时，大学生基本都放假了，偶尔在校园研究生公寓里见到进进出出的研究生抑或大学生，都中学生一样背着双肩书包，穿着也都很朴素，没有许多大学里见到的穿着高跟靴、短皮裙、浓妆艳抹的妖艳"美女"；也没见到在哈尔滨几所大学校园里，见到的大冷天穿着薄大衣缩着头、留着长发或染发的猥琐的男生。这或许是我建议女儿报考这所大学的一个最重要的理由吧。

　　这个偶然的机会,我与长春打了个照面。时间虽短,然而,烙着地域元素和色彩的人文、物事和景致,构成了长春的唯美韵脚,令我这个外乡人心生喜欢。

2012.3.10

寻找春天

　　蛰伏太久的我,很想很想春天。我去诗里找,一路微风吹落了诗经,又吹开了唐诗宋词,我的足迹踩出了唯美的韵脚。春,在我寻找的路上,仍睡着。她抱着我种下的那颗种子,安睡在昔年的时光里,许是她太钟情昨日的落红,许是她太贪恋雪的庇护,她就那样安详地睡着。我执拗地在风中吟咏,我希望用我平仄的音韵,把她从一节节的诗情中唤醒。我有些疲劳,但我喜欢,喜欢用这样的方式召回春天。

　　我没责怪春的扭捏,我知道多情的春不会怪我矫情。于是,我去旷野里找她。一路微风吹散了我的头发,吹开了我的笑脸。只嗅到清爽的风,我的心野就长出了一片嫩草。我俯下身,颔首微笑着掀开了雪床,春半睡半醒惬意的模样,就像我等了好久好久的情人。我用手指轻轻拨开雪下的枯草,春的体香就扑面而来。这氤氲着土香的春的味道,让视觉虚幻起来,鹅黄嫩绿着我脚下的这片有雪的黑土地。

　　走在一派萧瑟里,我继续寻找春天。远远地我看到一条如丝带般蜿蜒的小河。河面被残雪覆盖得只剩一个窄窄的豁口,我看不出那河水是不是流动的,能在早春积雪下有一弯清澈的水,它是否潺潺已经无所谓了。我迫不及待地走近它,我叮咚的心跳被小河听到了,不然那躲在石头下的小小的鱼儿,怎么就飞速地钻出来游走了?我被寂寥中这小小的生命惊喜着,蹲下来,双手捧起了一把雪。握在双手间的雪不再是一朵朵花的模样,而是剔透得水晶颗粒一般,我只轻轻一攥,它便成了雪团。拿起雪团,我投向石头下只露着尾巴的鱼儿,那鱼儿笨笨地朝前晃动了一下,卡在石头缝隙里,很快,它甩了一下尾巴,游开那块石头,瞬间在我的视线里消失了……那一刻,我停止了寻找春天的脚步。此时,虽没有一点鹅黄,没有几朵疏花,春却已经来了。

原来,春在我来或去的路上,早等在那里。缕缕润着一份清,一份静,却清而不冷,静而不寂地候在我们期盼的心间。寻春的我,此时顿悟:若能抛开一堆劳役锁,便会赏到无边春。

2015.3.18

邂逅荷

　　邂逅就是幸运。陪姑姑去阿荣旗见她失联五十多年前的同学毛姨，她们在半个世纪的琐碎牵绊中仍彼此牵念的这份情谊，让被功利裹挟的我唏嘘之余倍感暖意。这份源于青葱岁月里近似古朴的清澈真情，明媚着我的心。我就是在这灿烂的心境下，被毛姨一家带到阿荣旗出城口附近的那池荷塘的。在北京生活过的姑姑和姑父，站在塘边指点着两个大小差不多的荷塘说，这里的荷与北京公园里看到的荷比，规模小的很呢。顺着她们的指点，我与那池荷相遇了。

　　古今中外，不乏清廉之士以荷为志。我就一介草民，清廉之词于我有些奢侈，遥不可及。但对荷花的喜爱，却是极由衷的。喜出淤泥却有贵族之气的荷，不仅爱她无与伦比的圣洁与美艳，更喜欢集天地之灵气于一身的荷的风姿和魂魄。站在荷塘边，我静静地与挺立在水中的荷对视。翠绿的荷叶大片大片地铺在水面上，间或有挺立在水面上的绿伞似的荷叶，与倚立在水上的或红或粉或白的荷花呼应着，随风摇曳。其实，光是那些阔大的荷叶就足够美了。每一片都可以胜过任何一种花，舒卷、光滑、莹碧，娇绿的圆圆的荷叶，一个又一个的舞裙般，在水上舞蹈。大大小小的荷叶或贴在水面上，或挂在阳光下的风里，挤挤压压霸占着整个荷塘。荷叶的线条极简单，以至于简单的圆没有一丁点儿的多余。我喜欢荷叶，不仅是喜欢她舞者的姿态,更喜欢她的简单她的纯粹。如同一个人,若心存简单,便是真诚幸福一样。

当我手机的屏幕上留存了一张又一张或盛开或含苞待放的荷花,我的心也一次又一次兴奋起来。我想走近荷花,近些,再近些。我眼睛盯着那一池的荷,磕磕绊绊走在池埂上。越近荷,我越觉得诗里的、赋里的、曲里的、散文里的,以及吴昌硕、齐白石抑或张大千的荷,都不足以也无法真正描画出荷的纤尘不染的洁净。荷的透明与冰清玉洁,是颜料和水墨远远不能及的。终于,我的手可以触到那立在水中的荷花了。我蹲下来,把头探向水面的那朵深粉色的荷花,试图与那花贴得更近,一丝丝一缕缕的香迎面扑来,那蘸着草香味的香氤氲在水面上,缭绕着我。被裹挟在香气里的我,似乎挥一挥手,都能攥上满手的香。我贪婪地吸吮着湿漉漉的香,一阵风起,那躲在荷叶下微笑的一朵初荷,便来不及躲闪,被我的眼睛捉了个正着。与小荷的清颜相对的瞬间,我的心被这素雅清淡染醉了!那不是一朵花,是一片刚刚萌芽而出的新叶般淡淡的青里泛白的花苞,犹如彩墨画笔轻点留下的一滴色,静怡得令我心颤。人过中年,半生的芜杂将心捆绑得硬邦邦的,四面斑驳八面透风。然而,我与小荷初见如故!它用它的清瘦玉骨,用它生命的雏形静待绽放,用它的不施粉黛还原斑斓的初心。没有叶的茂密,没有花的繁华的小荷,何尝不是我追寻半生想要的简洁的心!

有人说,人生最美的状态,无非是纯澈如水,无染无尘。是啊,在灵魂的经络里,我们若能将一缕寂寥忧伤,一份俗欲纷争掸去,而以初荷之心不惧风雨、忍受寂寞,安静优雅地等待,等待岁月的馈赠,等待盈怀的灿烂,多好。然,不染尘心,世人有几?若用一寸静心,在风雨世间开成一朵花,自然地开,自然地谢,如此超然者也不多吧。由此,我爱并敬畏荷!

2015.9.16

走过路过看济南

"火炉"济南,以前是在读一位作家的《老济南的秋天》"在'蒸笼'里熬日子,人们拼命挥动着芭蕉扇,似乎要将夏天挥走,将秋天招到人间。然而,秋天总是不情愿露面儿。弥漫在老济南的四合院里、大杂院里、小独院里的还是热,热,热……"这几句话后感受到的。此次山东之行最便捷的方式是从哈尔滨飞济南,即便心里抵触济南的酷热,也不得不硬着头皮融入"火炉"了。

6月21日中午11点,我们是被热浪裹挟着走出候机厅的。好在,来接机的五弟的朋友早已将车内的冷风开至最大,等候我们避暑了。36度的酷热天气,加上五弟朋友的极度热情,使得机场宾馆那顿午餐成为我们有生以来记忆最深的一顿饭。用女儿的话说,这两个年轻人,点的一桌子济南特色菜,饱在真诚和热情上,而不是胃里。

车进济南市区,在导航的引领下,我们抵达了我跟女儿提前预订的那个具有老济南风貌的四合院。这个四合院儿和我去的北京四合院不同,是一进的。如果说,北京的四合院儿是大家闺秀的话,那么,济南的四合院儿则是小家碧玉。门楼的起脊是花脊,门楼的两端的蝎子尾高高翘立,轻盈舒展。这个四合院儿有正房两间、东西厢房各三间,各自的房屋都独立,互不相连。小巧玲珑、别具一格。每个独立的房间都有诗意的客房名称、镂空的窗棂、拱门上的木刻对联、天台的花架、院里的竹椅茶座……古朴典雅。

再三推辞了两位小朋友盛情相陪的好意,我们三口人在预订的"诗书乐"家庭房里匆匆洗漱后,坐公车去趵突泉,开始济南半日游。

我们之所以在济南这座历史文化名城,千佛山、大明湖和趵突泉三个著名景点中只选择了去趵突泉,是觉得它是泉城济南的标志,因为素有"游济南不游趵突泉不成游"之说。另外,就是想让学过书法的女儿看看关于泉文化的碑文。

趵突泉又名槛泉,位于济南市中心,是一座以泉水为主的自然山水公园。在泉水甲天下的济南,趵突泉位列济南72泉之首,被誉为"天下第一泉",是泺水的源头,如今已有2700年的历史。其名胜古迹,文化内涵极为丰富,是具有南北方园林艺术特点的最有代表性的山水园林。趵突泉深厚的文化底蕴,还来自于诸如曾巩、苏轼、元好问、张养浩、蒲松龄、郭沫若等历代文化名人,对趵突泉及其周边的名胜古迹都有题咏。

午后2点,我们在东门前郭沫若题写的"趵突泉"匾额下拍完照,购票进得园内。虽然我不懂中国那句"逢峰右转"的古话,只是习惯性在东门对着的假山前,随着熙攘的人流从右转开始游园。

在清照桥上,赏过晴雨溪后,再向前便是元代散曲家张养浩弃官归隐回到济南后,带回来的四块太湖灵石之一的龟石。大抵是祈求延年益寿的游客太多,这个重8吨高四米的石头下,已经被磨得锃亮。再往前,是为纪念北宋抗金将领关胜在与金兵鏖战中口渴难忍,其战马仰天长嘶前蹄奋力刨地,泉水夺地而出，喷涌不止而命名的跑马泉。再往前的漱玉泉，其实，泉水早已没有传说中的清冽，绿色的水面与泉边的绿树倒很是协调，兴致渐索然。好在这个有两千多年历史的趵突泉，在后人的建设下，已经成为以人文景观为主的文化名园。公园除了建筑、台阶及部分树木花草植物外，空地几乎都是泉水，碑刻随处可见。这让喜欢书法的女儿很是兴奋，每见到一个碑刻，她都驻足仔细观摩，并一一拍照。尤其是在李清照纪念堂的50米诗词碑廊间，由启功、欧阳中石等题书的50块李清照诗词碑刻，让女儿大开眼界。趁着女儿在东廊看碑刻的空档，我则折回纪念堂内，让陌生的游人帮我与李清照的白色塑像合拍了一张照片。随着川流的游人队伍，我参观浏览了纪念堂后，径直来到西北廊，欣赏透雕的李清照诗配画。第一次看到这样具有浓厚文化气息和艺术价值的透雕，以及园内栽种的李清照生前喜欢的院落里种植的芭蕉、海棠、桂花等植物。即便没去李清照蜡像馆，我也由衷为李清照欣慰：后人，没愧对一代词人李清照。

  稀里糊涂走过尚志堂景区，在所谓的名泉景区，不管是柳絮泉、金线泉还是皇华泉、卧牛泉，我们看到的几乎都是泛绿的水池，和池边跟我们一样操着不同口音的四面八方游客。唯有水边的花草树木是很吸引眼球，许多没见过树种、花卉在酷暑中蓬勃着，那铺满了悠然轩长廊上的藤本凌霄花，就是我第一次见到的。这些北方没见过的花草们，用它们的茂盛告诉游人们地下水的充沛。在三大殿景区，我们也只在康熙和乾隆两位皇帝游趵突泉时，在同一块碑上题的"激湍"和"再题趵突泉作"这块被称作"双御碑"前，照了张合影后，便直奔下一个景区——趵突泉景区。

  在趵突泉景区泺源堂内的图片以及济南历代名人塑像，还有楹柱上悬挂的木刻楹联，无论形式和内容，都让这里彰显着厚重的历史和文化气息，灵动着趵突泉昔日喷涌的气势。尽管，在那个盛夏的午后，我没听到趵突泉喷涌的水声，也没见到史料里介绍的泉涌的态势，但却看到了和我们一样擦肩接踵的几百人，拥在栏杆边看一个不足十公分高的涌泉，拍照留念。几千里赶过来，趵突泉弱弱的泉涌让我的心涌出失落，若不是女儿偷偷拉我走近一个旅行社的导游身边，听导游介绍趵突泉，或许，我连继续走下去的心情都没有了。她甜美的声音，在耳畔响起，消暑也提神——"'趵突泉'三字是明代山东巡抚胡缵宗题写的，不知大家注意到没有，'突'字少了上面一点，为什么？有两种说法。一是说这表达了人们的一种愿望，希望趵突泉永远喷涌，没有尽头，故意写成这样；一种说法是当年趵突泉喷涌的势头非常旺盛，泉水把突字的点给冲掉，顺着河流流到大明湖去了。也就是说，大明湖南门上的'明'字多了一笔是因为这里少了一笔。'观澜'两字是明代山东布政使张钦书写。'第一泉'三字是清代王钟霖题写的。当年乾隆皇帝在北京时，封了北京的玉泉为第一泉，下江南时，带了玉泉的泉水供路上饮用。当他来到趵突泉，品尝了趵突泉的水后，认为趵突泉水比北京玉泉的泉水还要好喝，于是把玉泉更名为'玉泉趵突'，又封趵突泉为天下第一泉，并倒掉了玉泉水，换上趵突泉水供路上饮用。用趵突泉的水泡茶则味淳色鲜，素有'不饮趵突水，空负济南游'之说。"听她这么介绍，似乎我们在酷热中的济南趵突泉半日游也算不枉来济南一次了。

带着满足，我们本打算在灼灼的午后，从南门出园不再继续游览。然而，路遇趵突泉西邻的万竹园，见到葱茏的竹林，兴致瞬间被点燃。一直以来，说不出什么原因，特别喜欢竹林。平生第一次走进竹林，兴奋、欣喜掺杂着满足，漫溢心间，拉着女儿的手，徜徉在幽静的竹林间蜿蜒的石板路上，神清气爽，暑热顿消。以至于走出趵突泉公园南门，这份喜悦仍在心头萦绕。

　　晚饭后，游览了泉城广场后，我们放弃了8点开始的音乐喷泉，而选择了乘坐室内观光车车游济南旧城。一路不仅浏览了济南旧城，还通过讲解，了解济南厚重的历史文化和大明湖千佛山等自然名胜。

　　一座城市，就是一本厚重的历史。自然胜景也好，历史文化也罢，一方水土养一方人。在黑土地生活了大半生的我，不知道是不是在未来的晚年里，还有机会来这座国家历史文化名城和中国优秀旅游城市；也不知道有着史前文化、龙山文化的鲁中大地，是否会留下凡尘小我的足迹。只知道不管是这样的历史还是那样的风景，都脱不掉济南城今天在我眼里的样子。就像每个人的心中都有一块属于自己的风景，旁人无法涉及的远方一样。只要驻在心里，那里就会不染纤尘，没有世俗的污浊之气。神圣与美好，也便永恒心间了。

2017.8.9

走进十笏园

"不出城郭而获山水之美,身居闹市而得林泉之趣",千百年来,拥有一座带有亭台水榭的精致园林,似乎是历代文人雅士的梦想。大抵唐大哥夫妇把我看成文人的缘故,在我们抵达潍坊第二天清晨,吃过潍坊特色小吃朝天锅之后,便直接将我们一家三口带到十笏园。

刚上车,唐嫂就跟我们介绍说:这个十笏园是1988年被国务院定为全国重点文物保护单位的,有"鲁东明珠"之称。电视连续剧《大掌门》、《红高粱》的部分场景,还有多年前拍的《西游记》中的高老庄,都是在这个叫十笏园的院子里拍摄的。女儿听说要亲临电视剧拍摄地点,甚是欣喜。欣喜之余,我从她看我眼神里,读到了我俩共同的遗憾:没做功课。我俩不约而同掏出手机,百度"十笏园"。飞速浏览到不足五分之一简介内容,车就到达坐落在潍坊旧城北部胡家牌坊街的潍坊十笏园博物馆。

唐大哥夫妇是很细心的人,买门票时,俩人就交了解说员的费用。跟我们一起进园的,是一个带有潍坊口音的讲解员。趁她没开始讲解前,我抢着问一句,"笏"是什么?这里为什么叫十笏园。也许没有人问过这样的问题,她稍愣,然后笑着跟我说:"笏"为古时大臣上朝时拿着的狭长形手板,多用玉、象牙或竹片制成。这里为什么叫十笏园,一会儿我会讲给你们听。我和女儿没有纠正她对"笏"的读音,反倒对她这个带着潍坊调的普通话有着一份亲切感。

随着她轻盈的步伐,我们走近了吸纳了南北园林建筑精髓的古代建筑——十笏园。进入博物馆大厅,讲解员指着墙上的一幅幅相关文字,简要介绍着——十笏园原是明朝嘉靖年间刑部郎中胡邦佐的故宅,清代陈兆鸾(清顺治年间任彰德知府)、郭熊飞(清道光年间任直隶布政吏)曾先后在此住过。清光绪十一年(1885年),被潍县首富丁善宝以重金购买后当作私邸,修葺了北部三间旧楼,题名砚香楼,开挖水池,堆叠假山,建成了现在我们看到的这个南北特色相融的私人花园。十笏园是整个丁宅建筑群落的一部分,这个建筑群落除"文革"中被毁的后花园外,现存的建筑面积10400平方米,古建筑房屋200余间,其中仅十笏园中的大小建筑就多达34处。因占地较小,喻若十个板笏之大,而得其名。

十笏园全区分三个部分,西侧是园林,东侧是民居,最后部分是关侯庙与孔融祠。我们是从院内正中书房性质主人藏书用的砚香楼,开始游览的……西厢房的春雨楼与回廊相接,第一版《西游记》时,猪八戒娶媳妇的场景就是在这里拍摄的。听说是电视剧拍摄场地,在讲解员停下来等我们拍照时,女儿快步跑近春雨楼,示意我拍照。尽管由于二楼年久失修我们未能登楼开窗揽园中胜概,但给女儿在这里留下倩影,也算弥补了遗憾。随着讲解员,我们到了院东另成的一个跨院里,院墙为龙墙,粉墙青瓦,漏窗圆门,上题"园胜"和"紫气东来。"进入东院,北面为玻璃花暖房,院中有一口曲池,我们有幸看到了那池中盛开的莲花。更让我欣喜的是,环池叠石间,我见到了甚为喜爱的有江南味道的一丛丛箬竹。

从水池西面曲廊的圆洞门经过,我们进入了西院。主堂在北侧,称为"深柳读书堂",是当年主人的客厅。左侧是"静如山房",右侧是"秋声馆"。顺着讲解员手指的方向,我们看到了这个院落种植的冬青,南门的墙角种植的紫藤,上面架着的花架,在院子中央的石榴树和苹果树,以及廊墙边的一丛竹林。穿过过堂,进入后院,碑刻及其他琳琅满目的文物,如春秋战国时的青铜兵器等让我们目不暇接,明清陶瓷、金石印章、韩愈的草书和郑板桥的书画……

在十笏园的非物质文化遗产体验馆,讲解员跟我们讲:祖籍江苏的丁家明朝初期牵到潍县时并不富裕,经过几代人的勤俭持家、励精图治,清道光年间才成为潍县首富的,当时丁家靠土地的租赁买卖起家。后期有一定资金后,发行了地方商业性的代金券"帖子钱",从而垄断了潍县的大部分经济。据说,当时潍县的一半耕地都是丁家的,丁家的"丁半城"绰号由此叫开。"忠厚传家 诗书继世"是丁氏张贴在大门上的对联,也是丁氏绵延600年秉承优良传统。受中国传统文化的浸润,丁家人文昌盛,名家辈出。而当时十笏园主人丁善宝也酷爱诗词,春秋遐日,常邀好友曾伴宣统皇帝溥仪读书的学者柯劭□、宋书升张昭潜等人在园中饮酒赋诗为乐。丁家也特别喜欢结交文人墨客,"十笏园"三个字就是清末状元曹鸿勋题的名。另外,著名维新人士康有为、中华革命军总司令居正、冯玉祥将军、山东督军张宗昌都曾游过十笏园。

据讲解员介绍:由于潍坊处于南方和北方的交界地,故园林的风格也显出南方和北方两种风格。十笏园是北方最具代表性的私家园林，尤其重视文化氛围的营造，众多名流贤达对其多赞美有加，留下大量的优美诗文。当年康有为在园中静如山房居住三个晚上后写的《十笏园留题》:"峻岭寒松荫薛萝，芳池水石立红荷。我来山下凡三宿，毕至群贤主客多。"便生动展示了十笏园的美景，寥寥几字，即便不能置身园中，人们似乎也能从字里行间感受到那份少有的玲珑雅致。

走在松萝荫深的园中，我亲眼看到了池清亭秀——东观山亭、西观曲廊、北赏砚香层楼、南眺十笏草堂的四照亭;连接四照亭的九曲桥;池东假山用太湖巨石层摞如云的南石林;池东北三面着陆，一面临水，可寻道登山、可西凭栏临水观鱼的船舫;池东南角三面临水的漪岚亭;池西南角的小沧浪亭;以及漪岚亭池西的游廊和池北的龙墙。也在这充满浓郁文化气息的私家园林里，想象出当时高朋满座，文士竞骚的场景。

令我们尤为感慨的是，在十笏园，不仅仅是主人建有藏书的砚香楼，就连丁氏家族的少妇、女儿、儿孙都有单独的书房，丁家对后代的培养可谓不遗余力。他们聘请了曾任礼部主事、礼部祭司员外郎、典礼院恩恤科科长的进士、书法家陈蜚声为私塾先生。由陈蜚声先生培养的丁善宝之孙丁锡田后来也成为潍县著名的文史专家，他曾与傅斯年、潘光旦、王献唐、王统照、闻一多、臧克家等著名学者名流过从甚密，经常相互通信或当面研究学术问题。

那个酷夏的上午，我们两家一行五人，徜徉于十笏园中，我不仅领略北国小园"饶水石之胜"的匠心独运，浏览丁氏居家当时的生活场景，也通过丁氏家族六百余载家兴业衰的精彩片段，打开了了解古潍县的窗口。更感受到了千里之外，来自唐哥唐嫂的那份温暖。

走进十笏园,就走进了贴着标签的潍坊历史博物馆。百年十笏园,其深刻的文化底蕴和情趣令人回味,具有极高的艺术品位和不可替代的历史价值,可谓潍坊的一张文化名片。

2017.8.1

杨家埠民俗文化村

在潍坊做生意的友人唐哥一家，把我当成文化人，我们抵达潍坊的第一天上午参观了十笏园，下午，他们就开车带我们去了高密。用他们夫妻的话说，看看你同行莫言。我笑着摇摇头，莫言是作家，我不过一个小作者罢了。不过，去看看，倒是很有兴致的。车到高密，我们先去看了正在建设的红高粱影视基地，然后去高密的东北乡参观了莫言旧居。在莫言旧居低矮的土房里，沾染了文豪的气息的我，似乎真的就是一个文人了。文人，对民俗文化总有着不解的情缘，唐哥夫妇也是性情中人，在晚上我们游览了潍坊风筝广场后，便将第二天的行程安排到杨家埠民俗文化村。

很早以前就听说潍坊又名"鸢都"，是世界风筝之都。从1984年开始举办第一届风筝节以来，每年一度的世界风筝锦标赛，都吸引着大批中外风筝专家和爱好者及游人前来观赏、竞技和游览。去杨家埠民俗村看风筝厂如何做风筝，年画馆怎样做年画，我很期待。

从潍坊出发，车行半小时就到达了杨家埠民俗文化古村。听导游介绍，这个集风筝生产、年画印制与民俗旅游为一体的民俗村，是将原住民整村迁出后，于1986年5月建成的。文化村占地面积350亩、可供参观的有240亩，建筑面积10万平方米。

走进古朴的杨家埠民间艺术大观园,浓郁的乡土气息、浓厚的民俗风情扑面而来。园内设有风筝博物馆、绘制馆、十八女子作坊、年画博物馆、年画作坊、民俗馆、文物馆、百年婚证展、老粗布作坊、农具展、红色收藏展、书画院、嫦娥奔月台、古店铺一条街、三星湖、度朔山以及杨家埠明清时期古村落、古槐等数十个景点和展厅。

我们顺着如意路走进了大观园。

第一个建筑便是上下五层、高31米的文润阁,一层是"溯源堂",二层为"鸢都堂",三层为"瑰宝堂",四层为"风筝阁",五层为"观光阁",这里全方位展示了杨家埠文化的起源与传承,是杨家埠的象征,也是杨家埠文化的缩影。在这个浓缩的文化大观园里,我对杨家埠的版画和风筝文化产生了极大的兴趣。

走出文润阁,我们首先参观了杨家埠风筝博物馆。通过风筝博物馆的大屏幕动漫片了解到,第一个风筝,是两千多年前的春秋战国时期鲁国的鲁班制作的用于军事的"木鸢"。汉朝以后,由于纸的发明和应用,制作风筝以纸代木,称为"纸鸢",唐宋后,一直被用于军事上的纸鸢,随着传统节日清明的兴起,开始向民间娱乐型转化。

听导游说,在我国风筝有四大产地:北京、天津、潍坊和南通。而潍坊的风筝,就是以杨家埠为代表的。而中国传统年画之乡以潍坊的杨家埠为首,其次是天津的杨柳青和苏州的桃花坞。杨家埠的风筝和年画起源于明代,距今已有640多年的历史,其创始人是蜀中的梓潼画师杨伯达,他移民到杨家埠,开始了杨家埠的版画艺术,现在已经传到十九代了。放到天上是风筝，挂到墙上是年画。被称为姊妹艺术的杨家埠风筝和年画，2006年被列为全国首批非物资文化遗产。爱女硕儿一边参观一边半开玩笑地说，这个传统艺术真不错，我倒是想学学。导游笑着跟我们说，杨家埠的年画艺人，可都是从9岁开始学艺的呢。

  导游详细给我们介绍了杨家埠风筝的与众不同——杨家埠的风筝分六大类：有串式以蜈蚣为代表的，放飞时要依照风筝的长度决定放风筝的人数，大多都是十或几十人；第二大类是硬翅风筝，两边高中间低，两面受风，可飞得高，但不方便携带；第三类板式风筝也叫平面风筝，四面受风，尾部需要加飘带保持平衡；第四类是软翅风筝，是市面上最畅销的风筝，翅膀和尾巴可以拆下来，低风就可以放飞；第五类是桶式风筝，观赏性强，以花瓶、宫灯为主；第六类是自由类的风筝，是运用新技术，吸取外国风筝之长的风筝，动静和声光相结合的一款新型风筝。通过导游的介绍，我们还了解到，杨家埠的风筝之所以成为全国风筝之首，主要是选料精良，手工细腻。杨家埠的风筝所用的竹子都是选用两年以上、三年以下的毛竹，而风筝的面料也都是采用杭州的丝绸，主题手工绘画所用的颜料也都是通过国家安全标准检测的颜料。

  在风筝博物馆里，我们见到了长达350米被誉为"世界之最"的龙头蜈蚣风筝，是潍坊风筝的代表作。没等我们提出疑问，那么大的龙头是怎样上天的，导游就抢先给我们讲解：这样大的龙头蜈蚣不仅要几十个人参与放，而且还要掌握要领，先放身体后放头。而且，必须要几十个人反复配合多次，才能完成放飞。

走进一个又一个展馆，欣赏到了无数精美绝伦的风筝，亲眼看到了杨家埠手工制作风筝的全过程，我深切体会到了杨家埠风筝是动静统一、物我统一、形神兼备的和谐艺术整体，它朴实优美的构图和形象生动鲜明、富有神韵的艺术魅力，真可谓艺术殿堂的一枝奇葩。

木版年画博物馆，是一个复古的二进四合院，有东西南三个展厅。馆内设置了"福、禄、寿、禧"四个吉祥门，走进它就走进了历史长卷，仿佛置身画乡的风情。据导游讲，杨家埠的木版年画的木板原料，多用棠梨子木或梨木，一种颜色一块板，往往一个年画要雕刻十几块版。在版画制作现场，我跟随从事雕版近四十年的潍坊民间艺术大师颜克臣先生，亲手操刀，在他画好的木板上刻了几下；又在著名老字号"北公兴"第二十三世传承人杨春梅大师的指导下，为一幅观音菩萨画印色……我小时候司空见惯的年画，那些栩栩如生的年年有余、招财进宝、神话传说、民间故事、戏曲人物的年画，居然是这样完成的。

我很荣幸，成为每年来这里数十个国家的25万游客之一。我很幸运，在杨家埠这个以风筝、年画为主导，以民风民俗为主题的文化村，我不但探寻到了小时候过大年挂在墙上年画的制作过程，还亲自体验了风筝扎制和年画印刷的乐趣。杨家埠独特的民风民情，浓郁的乡土气息，让我领略到几百年前杨家埠人的生活方式；也体味到了杨家埠人古老的民俗、民间风情。杨家埠，我为你点赞。

2017.8.24

沂蒙老区见闻

我们一家三口此行去山东,没按照景点计划行程,而是哪个城市有朋友,就去哪个城市。刚毕业的女儿大学闺蜜小薇家住临沂的费县,听说我们要去山东,薇和父母便早早发出邀请。女儿想见小薇,我们想看看沂蒙老区。于是,抵达山东的第四天,我们便驱车从潍坊赶往费县。

从潍坊出发,沿着日兰高速,车行三个半小时抵达费县。车上一直跟小薇联络的女儿跟我们说,在我们到达费县收费站一小时前,小薇父母和小弟四口人已经等在那了。下车互相见面后,各自上车前,小薇父亲从他们的车上送过来一提矿泉水。其实,在潍坊的两天,乃至未来在山东几天里路上的吃喝,细心的唐哥唐嫂都准备的特别充足,后备厢里放满了成箱的水果、水和小食品。但小薇父母的那份热情、真诚与细致、淳朴,让踏上异乡土地的我们里漫溢暖流。

不足一天的行程,小薇的父母安排得井井有条。

因为时近中午,小薇父母的前导车直接带我们去午餐就餐的山庄。

车从费县县城穿过,高楼林立,市井繁荣,完全颠覆了我对沂蒙山区的概念,一个现代化的小城就那么精致地矗立在那儿,群山没阻隔它的发展,并不丰盈的土地却让老区换了新颜。说实话,我真不知道费县春秋时称费邑,战国改叫费国,也不知道西汉开始这里就叫费县,更不知道,它是唐代杰出书法家颜真卿的故里。我只知道这里是沂蒙革命老区,是脍炙人口的《沂蒙山小调》的诞生地。

车出县城,一路向山上行驶。连绵的山路两旁,错落着一个又一个别致的山庄,世外桃源般。真不愧蒙山高,沂水长,沂蒙山区好地方。

紫藤山庄是坐落在山顶最高处的山庄,紫藤下的院子里,住着有着传奇故事的一家人。热情好客的主人指着零星的紫花不无遗憾地跟我们说:"要是早些天来,满院都是紫藤花儿,瀑布一样的,壮观极了。看不到花儿,带你们去看看果吧。"北方果园很少,能去果园看看,也不枉进一次山区。没想到,果园里的一条红花蛇,打消了我们体验摘果的乐趣。

在紫藤山庄吃完午饭,按照行程,小薇父母带我们驱车赶到薛庄镇驻地北11公里处的大青山胜利突围纪念馆。

没来这里之前,我就听说过在沂蒙老区,当时根据地420万人,120多万人次拥军支前,有二十多万人参军参战,有十多万名革命烈士在这里献出了宝贵生命。这里村村有烈士,家家有红嫂。怀着一份敬意,我们一行人走进纪念馆。

虽然下午上班时间还没有到,但小薇父亲提前约好的讲解员,已经等在那里了。在这个海拔686.2米、蒙山主峰的大青山突围战遗址,在这场被称为山东抗战的"平型关"战斗胜利纪念馆里,我们的心融进了这片红色的土地——

这是山东抗战史上最为悲壮的突围战。1941年冬,日军对沂蒙山区发动了"铁壁合围",出动53000名日伪军,对沂蒙抗日根据地进行扫荡。11月30日,抗大一分校、中共山东分局、省战工会、一一五师及省级各群团组织等机关的绝大多数为非武装人员5000余人,在大青山地区误入敌包围圈。在"既无援兵,又无退路"的情况下,抗大一分校校长周纯全指挥突围,他们抱着与敌血战到底的决心,不屈不挠,顽强抗敌,与万余名敌人进行了一场空前的殊死搏杀。以我军伤亡1400余人、被杀害群众3400余人的代价,粉碎了敌人的重兵"清剿",成功保卫了山东省党政军机关,保存了山东的革命骨干力量,谱写了抗战史上空前壮烈的英雄篇章。

这里的一幅幅珍贵的照片和实物多半都是抗大老学员和他们的后人捐赠的,一座座浮雕、一尊尊栩栩如生的雕塑形象生动地再现了七十多年前那场突围战的惨烈情形。

当讲解员讲到战斗打响后,抗大指导员程克带领一个区队40人坚守一座小山头,因为武器不多又不够精良,很快,最后一颗子弹用完了,弹尽后他和学员们赤手空拳同敌人展开了白刃战、肉搏战,最后因寡不敌众全部英勇牺牲了,牺牲时,他嘴里还含着敌人的大半个耳朵。第五大队第五中队中队长邱则民、副中队长汤世惠打退敌人多次冲锋,机枪手牺牲了,邱则民抱起机枪向敌群猛扫;子弹打光了,他砸碎机枪,用手榴弹、石块同敌人拼杀。最后,他们陷入日军重重包围,学员们大部分牺牲。剩下的学员在邱则民的带领下,跳下山崖壮烈牺牲……我们每个人的眼里都盈满了泪。抗大学员,他们可都是十几二十几岁的孩子啊,肯放弃优越的家境进入抗大的他们,用年轻的生命捍卫着国土。

还有第二大队政委、红军干部刘惠东,在向校首长汇报战况返回途中负重伤。等敌人逼近后,他投出了手榴弹,在敌人靠近他的瞬间，他用最后一颗子弹结束了自己的生命。

还有在大青山五道沟，德国共产党员、美国《太平洋事务》月刊记者汉斯·希伯，也同日军英勇拼杀。他的翻译和两个警卫员都牺牲了，他在山沟的一块巨石后向敌人射击，浑身弹痕累累的他，最后饮弹壮烈牺牲在异国他乡这片红色的土地上。

还有省战工会副主任兼秘书长陈明和他的革命伴侣姊妹剧团团长年仅23岁的辛锐，这个出身名门多才多艺的女子，与敌人遭遇后毅然拉响手榴弹与敌人同归于尽；有一一五师敌工部部长王立人；有抗大一分校二大队政委刘惠东；有军事队连长邱则敏等300多名优秀儿女献出了宝贵生命……

还有淳朴善良的放弃自己儿女哺育革命后代的红嫂；还有牺牲前身怀有孕坚强不屈的女战士，还有支前模范的一个个感人故事……

走出纪念馆，烈日下的纪念广场上矗立的纪念碑前，有很多年轻人在那里凭吊，心潮起伏的我迟疑着绕开了纪念碑。那一刻，泪流满面的我，脑子里反复回荡着汉斯·希伯的夫人秋迪·卢森堡36年前最后一次来沂蒙祭奠缅怀丈夫时说的那句话：亲爱的，又是一个20年过去了，人生不可能再给我一个20年，以后，我不能再来看你了，这是最后一次了……

离开纪念馆，小薇父母带着我们又去了费县的沂蒙云瀑洞天旅游景区。这里一泓秀水环抱着一座奇山，山上松苍石怪、飞瀑流泉，水上游船点点、曲桥回旋。巨石阵、一线天、仙人指、天鼓、天蒙湖、莲花山等，移步换景，徜徉山水之间，暑气顿消，甚是惬意。而这个景区最为吸引人的，还是那个神奇的"指动石"，它不仅让我用一个手指点动了重达百吨的大石头，体会到了"指点江山"的奇妙,还有令我惊奇得瞠目的,便是在那原始的石头上看到了一幅涵盖宝岛台湾的中国地图。

小薇的父亲是政府公职人员,景观路上我们边走边交流。他说,曾经贫穷落后的沂蒙老区,如今有了翻天覆地的变化,2016年,临沂全市生产总值4026亿元,列中国城市GDP百强第45位,居山东省第7位。和我们龙江县土地面积差不多的费县,耕地面积不足我们的50%,但年生产总值却达280多亿元,是我们县的几倍。

由于时间关系,虽然我们没去中华奇石城,但老区的一日行却给我留下了深刻的印象。蒙山之上,沂水之边,昔日大青山突围战中英烈们顾全大局、同仇敌忾、不怕牺牲、勇于胜利的革命英雄主义和爱国主义精神,和中国人民坚强不屈、英勇战斗的精神,与抗战精神一起,融入了这片红色的土地上。可昭日月的英雄气概,铸就了今天的沂蒙精神。如今大青山那场战斗留下的痕迹已然被抚平,但记忆永远不会风干。历史不会忘记,这片土地和这片土地上的人民不会忘记。今日沂蒙老区滚滚的春潮,正推动老区蓬勃发展的各项事业,在实现伟大中国梦的进程中扬帆远行。

2017.8.22

美丽的青岛美丽的心情

我向往青岛,源于崂山风景区;爱人向往青岛,是想见挚友柏哥;女儿向往青岛,好奇胶州湾海底隧道。

唐哥夫妇带我们驱车从曲阜抵达青岛胶州湾全长 41.58 公里跨海大桥时,雨骤落。车在海天一色中前行,辽阔的海,烟蒙蒙雾蒙蒙,与久别的朋友咫尺相见的心,清清爽爽。

坐在一桌子青岛特色菜的豪华饭店里,周围那些操着山东口音的食客,似乎也和柏哥一家三口一样亲切。柏嫂的弟媳任晓棠,是毕业30年后我第二次见她。久违的情谊,化作频频的布菜,扯着手唠凉了菜,唠热了心。以至于回到柏哥柏嫂和晓棠夫妇安排好的酒店入住的一整夜,睡梦里都是见面的情形。

那日,是女儿和唐嫂做先锋,引领我们向上登崂山的。拄着登山杖的唐哥虽有些吃力,但精神饱满,没有放弃的念头。抵达山顶,畅快的眺望中,浓密的山色让我们寻不到来时的起点,那个即将成为下山后终点的地方,曾经融着我们对崂山的向往,站在山下仰望山顶的那一撇里,藏着我无尽的期盼。仰望并亲临,可谓不虚此行。

我们一行,只算崂山的匆匆过客,崂山昔日与风与海缠绵的日日夜夜,我都没遇见。然而,这个盛夏的时节,好山乐水的我不远千里不约而至,崂山给我风和日丽的厚待,何尝不是最美的遇见呢。一次走近，一场相遇。崂山，我视线里的满眼景色，都将定格为景观。此行对你，我不曾赋歌也无须翻捡，定会在下一次相见前，我的梦里——回见。

说实话，这次登崂山，崂山风景区由哪九个风景游览区组成的，我现在也不清楚，但我记忆深刻的是山海相连、山光海色的别具一格。在平原长大的人，大概对山都有着莫名的敬畏吧。登山，我心无旁骛，只留双眼抚摸周遭。每一步向上，每一次停歇，目光触碰的一棵树一片崖一线泉，都会生出一份爱恋。他乡山水，因了亲人的陪伴不再陌生。

崂山刚刚迎来午后的清风，我们便下山驱车直奔市区五四广场。在这个具有纪念意义的新世纪青岛标志性建筑的广场，我没和他们去乘帆船游玩，不止晕船，还有，是想感受在城市的喧嚣里吹着海风的宁静；还有，携着一颗悸动的心，守在海边，等约好的30年前的同学史兆兰。

我抵达济南那天，同学组织聚会，我在群里告假说在山东，在青岛发展的史兆兰从群里得知我去山东后，第一时间电话联系我，诚邀青岛见面。在山东的几天里，每天都有兆兰询问行程的电话或微信，盛情令我心暖如灼。在青岛只逗留两天的我，不得不推辞了同样盛情的晓棠和她那桌已经准备好的丰盛海鲜大餐，与兆兰相约。

当兆兰带着她即将赴德国读研究生的女儿站到我面前时，兴奋夹着杂喜悦，我们两个内向的女人旁若无人地相拥了好久，弄得身边的唐嫂和兆兰女儿甚是尴尬。好在赶回来的女儿他们融进了这个大家庭。那一刻，没有什么比拍照留念更好的表达了。许是濡染了海的气息，也或许是兆兰这样艺术家庭的熏陶，他们一家三口留给我们的，是没有丝毫市侩的纯粹和质朴。在兆兰夫妇事先定好星级维也纳酒店的餐厅，吃着山珍海味、喝着青岛啤酒的我们，把叙旧当成了主食。

没选择坐轮渡去黄岛，就是想让女儿体验一下车行海底隧道的神秘。在茫茫大海下，在胶州湾海底7.8公里的隧道通行，除了汽车导航显示的蓝色标识外，与穿行陆地隧道没什么区别，之前关于深入海底的种种恐惧，荡然无存。

黄岛的金沙滩有着"亚洲第一滩"的美誉，在辽阔的碧波万顷的海边，人们都是赤足的，穿过烫脚的细柔洁净的沙滩，接近海水的那一刻，烈日被忽略了。戏水的人儿在海滩上追逐的热情，冷落了遮阳伞。连平时矜持的女儿，也跟唐嫂打起了水仗。也许，海浪的奔涌，扯动起兴奋的神经吧。加入她们行列的我，也异常的亢奋，要不是女儿提醒，我甚至玩忘了给她拍照。在那个3000多米的海岸线上，五颜六色衣装的游人星星点点，把一个素净的沙滩染得五彩斑斓的。多彩的镜头，也定格在我相机里。我相机里保存的最后一张金沙滩照片，是玩累的女儿披着彩色的沙滩巾，蹲在湿湿的沙滩上，雪白的脚丫前是一副墨镜，墨镜上是一株翠绿的海藻。

在青岛流亭机场，一次次与柏嫂、晓棠相拥，泪水润湿了彼此的脸。与嵌着亲情与乡情的身影挥手告别，依依不舍，盈着泪一步三回头的情形，在飞机抵达哈尔滨太平机场时仍在脑际徘徊。

美丽的青岛，你的海湾，你的栈道，你的广场，你的崂山，即便此生不再见，你也鲜活在我生命里；美丽的青岛，你的包容，你的开放，你的豁达，你的热情，让我的乡亲在你的怀抱里幸福着温暖着。青岛,我感谢你对我这几位亲人的养育,也感谢你对我们长久的等待。

2017.8.25

又见枫叶红

我超级晕车,在朋友圈里是出了名的。所以,即便酷爱旅游,却常与许多美好的旅行失之交臂。

今年10月末,有个北戴河、北京、天津、兴城七日游,行程里有北京香山。虽然,此行除了兴城外,其他的城市包括行程里的景点我都不止一次去过,但香山的红叶我是没见到过的。向往已久北京香山的红叶,又恰逢那些天刚送走工作的女儿,心情如秋般有些凄凄又落落的,于是,毫不犹豫地托付陈玲文友给我报了名。

行前,老领导郭主席还不无担忧地叮嘱我:"全程都是大巴车,你能承受得了?千万小心啊!"我笑着跟她说了一句很文学的话:"萧索的秋里,唯有红叶能点亮黯然,我就想看香山红叶。"领导很懂我,边笑,边摇头。我知道,她相信也希望我能在香山的枫林里找到点燃秋色的那片红霞,也着实为我担心。

当早上5点30分大巴车从哈尔滨出发,导游跟大家介绍行程,明确我们第一天大致要车行十五六个小时到达第一站北戴河时,报名时的勇气仍在我身体里充满着力量。

身边一直有陈玲文友的悉心照顾,然而,毕竟晕车是无法避免的现实。随着旅游车的行进,我的支撑力渐减。每到一个服务区,我都会像出笼的小鸟一样,摇摇晃晃第一个跳下车,站在空旷的停车场大口呼吸新鲜空气,直到导游和司机三番五次招呼,才最后一个上车。每次回到那个七天都不变的座位上,我都会闭着眼睛在心里重复同一句话:红叶,我用尽力气,只为途径你。

行程第三天早上,伴着清晨第一缕阳光,我们的大巴车驶进了北京香山公园。我们黑龙江团的四台大巴车刚停稳,后面就有五台来自内蒙古、山东和四川的旅游车开进来。原本清爽的大门口,一下子塞进了五百多人,沸腾的样子,很像春节前乡下的集市。

我和那些操着不同口音的男男女女老老少少一起,涌进这座我心仪已久的香山时,脑子里回荡着早上从驻地出发,一路导游几次跟我们传递的负面消息:"香山的红叶,早已不是你们想象和电视里看到的那样壮观。香山的红叶,也只不过一个传说罢了。"

传说,我倒真的想起来杨朔关于香山红叶文章里提到的聚宝盆的传说。能有取不尽钱和长不尽树的聚宝盆真假我不清楚,但我知道,我千里迢迢来见的红叶,已经静默在山峦里等着我了。

和前几年我去吉林蛟河红叶谷看的红叶不同,北京香山的红叶不都是枫树,有一种叫黄栌的落叶灌木,秋后经霜也是红色的。扎根于岩石旁或石逢间的黄栌,叶子是像芭蕉扇般的椭圆形,从外形上看,没有多角蝴蝶样的枫叶漂亮。黄栌数量不少,密密麻麻地盖在山上,将半个山坡铺陈得红彤彤的。

想来真是天公作美,那一日,严重霾的北京城的天空湛蓝如洗。蹲下来仰头拍照,透过丝丝光亮,在蓝天的映衬下,黄栌的叶子红得透亮,微风下,蝉翼般颤动着。大概是枫树叶的锯齿状缘故,枫叶的透光度比较好,相比,黄栌的叶子间的缝隙很小,所以,整冠树看上去厚厚实实的红,一簇簇、一团团、一片片的红,撩拨得我走近一株又一株并不高大的黄栌,嗅着她的清香,努力贴近她的我也盈香满怀了。

香山的树种很多,许多我叫不上名字的树仍苍翠浓郁,有的则金灿灿黄橙橙。众多树种中的枫树,枫叶灼灼地挂在枝条上,红得有些耀眼。如再见到久违的知己一样,见到枫叶的那一刻,我兴奋得竟然失语,只挥手示意同伴。站在一株高大的枫树下,我仰头驻足与染上红霞的枫叶对视了好一会儿,才举起相机拍照。很快,我的视线里一片火焰。我迫不及待地从这一株转向另一株,脚步也随之加快。绯红的枫叶与尚绿或金黄的树叶杂糅在一起,蓝天下的斑斓,灿烂着每个人的心。我们边走边拍,给同伴拍下一张张美照,也把多彩迷人的香山收入我的相机。

行前,我们就约好去香山一定要参观双清别墅的。可惜那天闭馆,我跟同伴轮流在门口拍了张照片。众所周知,双清别墅曾经是毛主席和他领导的党中央的指挥中心,香山见证了新中国成立前的重大历史时刻。这里见证的红色政权,指引着中国的航向;香山的红叶,用一树的火焰驱走肃穆中的萧条,指引我用热烈拥抱严冬。

此次旅行社安排的行程很紧张,那个上午我人到香山,却没能踏遍香山。红叶没辜负我千里迢迢的朝见,我却辜负了香山静默的等待。我不怪千百万人踏过的香山,记不住我的足音,留不下我的足迹。在我心里,储存了红叶的这份温暖,会捂暖整个寒冬,我很知足了。

今秋真好，又见枫叶红。

香山，红叶。我相信有生之年的某个秋天，我还会与相识或陌生的热爱生活的人一起，与你再次邂逅。等我！

2017.11.22

人生随感

在别人的精神世界里,
感悟人生;
在自己的灵魂深处,
寻找风景。
希望抑或憧憬,
一同抵达光明。

歌者·诗者·舞者

晚饭后,与女儿出去散步,一路歌声飘扬的。我俩边走边逡巡着声音来自何方,很快,目光穿过街边散步的人流,越过或流动或停靠路边的汽车,发现了歌声的发源地———一台不足一米长、一米宽的三轮车。推车并持无线麦克唱歌的,是位腿部有残疾的又黑又矮的男子。他的车上装有一个中号的音箱,音箱上面放着一个大抵是十八路的调音台,调音台上方横着一个木板,木板上坐着一位双腿细如麻的女子。她的腰左侧凸出,右侧凹下,与其说她是坐着,倒不如说她是扭着身子"堆"在木板上。

音箱效果不错,男子的歌唱得很好,自然声音条件好,节奏感很强,不逊我们团里的专业演员。能在如此喧嚣的街上,静心凝神专注地歌唱,他令我心生敬意。和女儿驻足,恰好与我们相向而行的他们也停住了脚步。车停在那儿,歌声却没有停,路过的人纷纷向车上的女子递钱,有一元、五元的,也有10元的。从女子手持麦克频繁的"谢谢"声中,不难判断出施者和捐者不少。车来车往,我们母女没穿街过去给她钱。相向各自向前,车渐远,歌声依旧耳畔萦绕。

我有些后悔没过去给他们几块钱。女儿说:"这样卖唱的,天天在街上走,哪天遇到再给吧。"第二天,我果然在另一条街边遇到他们。同样的车、同样的装束,同样悠扬的歌声,我在包里翻出了一张五元和一张一元的,走近了那女子,我边递钱给她,边打量这位年轻的女孩:她长得眉清目秀,皮肤粗糙,面色惨白。瘦得几乎没有肌肉,皮包着骨头的手指硬邦邦的,触到感觉冰凉冰凉的。我问她,怎么没再去劳动街?那条街饭店多又豪华,去吃饭的都是有钱开车的。她连说了几声谢谢后,用手指推了一下麦克开关,关了麦克她说:"大姐,我俩给自己定的规矩,一条街绝不走第二次。就算我们不能走完每条街道,一个县城里逗留我们也不会超过三五天。"

三五天,凭他俩的推着车子挪行的脚步,真的是走不完小城每条街道的。他俩是守诺的,很快他的歌声就在小城消失了。

这两位残疾人的歌者,让我很快联想到了另外的几位肢残人。一位是去省城的火车上遇到的那位高高大大的、一条腿的裤管里少了一截的男人。那趟车我坐了几年无数次,也无数次与他相遇。每次,他都用同样的口吻,重复同样的话:"大叔大妈,大姐小妹,可怜可怜我,给个三毛两毛的,富不了我也穷不了你。"如果,你用眼睛直视他,他会用同样的目光死盯着你,没有一丝羞愧,反有隐隐的霸气。那个车厢,成了他的"工作间"。我不知道他这样的行为,铁路部门是不是可以制止,只知道几年间,他一直拄着拐杖,行走在一节节车厢里"劳动"着,收入着,日复一日地弯腰活着。

另外是一位文友,据说他四岁得了小儿麻痹症,上小学时天天在乡间土路上爬行往返,每日为了避免同学看到笑话,无论寒暑,他都要从家里早出发半小时去学校。未成年父亡,寡母将养他成年就逝去了。他在姐姐的帮助下,搬进县城,学习修鞋技术，与他聋哑的哥哥一起生活。艰难中他用诗行铺一条条彩色的路，不能走路的他把诗歌当成翅膀，快乐地在蓝天下飞翔。多年来，他靠写诗缤纷生活，靠修鞋手艺养家糊口。娶妻生子，房产两三处，供养聋哑哥哥和一双女儿，日子宽裕。

还有一位肢残的男人，他和上面我提到的那位文友一样，下了轮椅要靠双手撑着小凳子当腿向前移动行走。打小生活在乡下的他，跟母亲学剪纸。酷爱剪纸的他，在全省残疾人技能大赛中多次获奖，蒙上双眼，可以在极短的时间内完成形象生动的剪纸作品这手艺也让他有机会走出黑土地，参加省市电视台的文艺演出的技能表演。渐渐地，他制作的三国、水浒人物剪纸作品，千禧龙剪纸作品，仙鹤剪纸作品以及航天英雄系列剪纸作品，越来越被专家和消费者认可。许多作品被旅游和经贸部门带出去，或馈赠或销售，许多外国友人购买收藏他的剪纸作品。他与妻子创办的剪纸绘画培训中心，工人都是由他培训的残疾人。不能走路的他，整天在轮椅上生活，然而，灵巧的双手又何尝不是一双翅膀？一张张纸，在他的指间，或鸟或虫、或花或草、或山或景、或人或物，幅幅都饱蘸着他对生活无限的热爱，活灵活现。在他的艺术殿堂里也许只有飞舞的剪刀做伴，但是在他的灵魂深处却澎湃着与生命一样的旋律。

"上苍为他们关上了门，却留了一扇窗"。由此我又想到了那个一手摇轮椅一手写文章的史铁生，整天在地坛摇着轮椅有多种病的他，"职业是生病，业余在写作"。别人用腿走路，丈量大地。他从腿开始思想，体察心灵。轮椅不能去的地方，心灵能够到达；思想不能企及的高度，精神能够探求。

史铁生，抑或那两位行走的歌者、修鞋的诗者还是剪纸的舞着,都能微笑着安放好羸弱的心在一块高地,然后摆放好自己,以勇者的姿态坚强地活着;以智者的态度乐观地活着;以仁者的精神宽容地对待生命的不公。用比健康人多出几倍的付出,感受生的气息。

致敬,生命的歌者。

2012.7.28

难忘的国庆演出

  我参加工作就在文艺团体，每年什么元旦春节啊，国庆建军节啊，都要有几十场演出。不论是行业、企业的专场演出，还是政府组织的庆祝演出；不论是省市汇演还是调演，我不仅承担总撰稿，而且也参与自创节目的创作。也许是因为我从没登过舞台的缘故，所以我就特别怀念30年前那场国庆演出。

  30年前我还是小学的学生。从上学那天起，我就特别羡慕学校的腰鼓队、合唱队的同学们。不说她们打腰鼓那优美的姿势和撼人的气势，单说她们那领子上镶着瓦蓝色牙子雪白的衬衫，和天蓝色的背带裤搭到一起，就让人馋得心里痒痒的。可我同班同学都比我大两三岁，我自然是全班个子最矮的，哪个年度音乐老师来我班里选拔鼓号队或者合唱队的学生，都没我的份儿。刚升六年级开学第一天，我就憋着劲要去合唱队。先去找班主任冯老师，他木讷地看着我，脸上没一点表情，只是眯起睁着就没多大的眼睛回答我：你是学习委员，好好学习吧。鼓号队你个子小，没法跟同学们排队；合唱队要参加演出的，你个子小也不行。我就纳闷了，个子小和唱歌咋还有关系？比我年级低的同学难道不比我个子矮？琢磨了两天，我决定去找我班的文艺委员。她很爽快：看在你帮我辅导功课的份上，我去给你找音乐老师好好说说。不过，咱说好了，要是你能去成，你得把你今年过年时买的那条粉绫子给我。那时家家孩子多,生活条件都不好,不一定每个孩子过年都能穿上新衣服,能扎上一条新的头绫子是女孩子一年的盼头,不等出正月就舍不得扎了,只有开学或者"六一"儿童节时再拿出来扎上。她和我要的那条粉色的绫子,水灵灵的,和她们头上扎的暗红色的比起来,格外的鲜亮。况且,住在城里的大姑给我买的这条头绫子是边上带锯齿花纹的,比起她们扯的绸子回家剪了,在蜡火苗上烤焦了边的好看多了。不过为了进合唱队,我还是咬牙答应了她。

也不知道她是怎么和音乐老师说的,开学第一个礼拜的星期五音乐课后,音乐老师就通知我每周二和周五下午自习课去合唱队排练了。我刚到合唱队时,大家正在排国庆节的节目,我个子小,刚进去就被排在了第一排。记得当时练的是两首合唱歌曲,其中一首是《我的祖国》,我分在低音声部,老师觉得我音高,调到中音声部试了试,就又调到高音声部了。练了两个礼拜,我的尖嗓子居然被练得音域宽了许多,音乐老师发现后,竟然让我试着领唱。我在短短的时间内,变成了两个领唱者之一,原来合唱团的那些或高或胖的女生很不服气,不是暗地里找音乐老师告我的状,就是排练时乱搅。弄得音乐老师也动摇了。偏偏我这个小丫头较真,就觉得歌词里的"朋友来了有好酒,若是那豺狼来了,迎接它的有猎枪",这句话有毛病。朋友来了有好酒可以,但豺狼来了迎接它的应该"是猎枪"而不是"有猎枪",我就去找音乐老师。那个姓姜的音乐老师是南方人,大抵是江浙一带下放过来的。他人瘦瘦的挺斯文,在一群东北老师中间,看上去比女老师还瘦小。原本就怕因同学不服气我,情绪不好影响演出,加上我去较真,他就细声细气地说:那歌词是名家写的,不会有毛病。你认为有错,就别唱了,还是回队伍里唱你的声部去吧。我来了犟劲儿,红着脸说,迎接豺狼的就该是"是猎枪"而不是"有猎枪"。姜老师也没了往日的斯文:你这孩子怎么这么犟?你还小,没理解歌词的内涵,这句话就这么唱。你回去练你声部的内容去吧。不领唱就不领唱,反正让我唱就行。

全场部的整台演出时间定在国庆节。前一天晚上,我们学校彩排。几位七八年级的大姐姐负责给我们化妆。先是烧了一盒子的火柴头,给我们挨个画眉毛。不一会儿,细的粗的、长的短的黢黑的眉毛就长在了大大小小的眼睛上了。接下来是她们轮着在一个大盒的胭粉盒里,用粉扑蘸足了白粉,使劲地往我们脸上擦,擦完了这个去擦那个,偶尔还回来给这个再补蹭两下。很快,我眼前晃动的都是一张张惨白的脸和黑得□人的黑虫子一样的眉毛了。不知怎地,我起了一身的鸡皮疙瘩,只觉得脊梁骨发凉,手心也浸出了一把的冷汗。好在不一会儿就开始涂腮红和嘴巴了。白脸的腮上顿时掺上了扎眼的红色,再看有画完嘴唇的,我又被激出了一身汗:那嘴巴红得像要滴血似的。我们合唱节目是第一个,麦克架就放在我前面。音乐响起来了,我的声音比我的腿抖得还厉害。我不是怕观众,因为我们前面只站了校长和几个班主任。我知道,我是怕那影子,那个在我眼前转来转去的黑眉毛下煞白的脸、红红的唇!好在词是烂熟的,没唱错也没跑调。可两首歌一下来,姜老师就拉着我的衣服说:赶紧找李艳丽,要来朗诵词回家背去,明天晚上去场部演出你领诵不用唱了。告诉你啊,就是一宿不睡觉,明天早上也要把词给我背滚瓜烂熟喽!我辩解:我不是紧张,也没唱错,明天同学们化妆我不看就没事了。我能唱好!能唱好也不用你唱了,赶紧回家背词去。

　　或许是被灯光下的黑眉毛、白脸、红脸蛋和大红唇吓着了,也或许是不到一个月,我从进合唱团合唱领唱再到合唱,最后变成了领诵,这戏剧性的变化让我无法承受,国庆节一大早,我就发起了高烧。我本就是替换领诵的,没人再替换我,晚上正式演出我不能不上台。大概是我发烧脸红的缘故,那晚去我们畜牧场场部的电影院前,化妆的同学只给我描了眉、抹了粉、涂了唇,而没给我打腮红。我们的两首歌唱完后,我就被台下的大人用自行车驮回家了。人生第一次也是唯一一次上台演出,就在那个国庆节演出的舞台上画上了句号。在那以后的三十多年里,我从没再上台参加过任何演唱节目。即使是我业余时间做司仪的几年里,我也只主持,由带去的歌手唱歌。当然,我也没再有过领诵的经历,倒是写了三十多年的几百场演出的朗诵主持词。

　　那个国庆节的演出,圆了我一生的演出梦。

2011.9.19

秋 味

一进8月,就有乡下亲戚往家里捎蔬菜。紫色的茄子、青翠的豆角、淡黄滚圆的土豆、橘红的西红柿、翠绿的大葱,裹着绿色褟裸顶着红缨的玉米穗、娇绿的顶花带刺黄瓜……每每接到电话,到客运站的客车上,或到单位收发室去取他们捎来的青菜,我心都有一种莫名的温暖。装化肥用的25公斤的大塑料袋子,被各种菜塞得鼓鼓囊囊的。打开带着土屑的袋口,里面鲜亮耀眼的蔬菜就跃入眼帘。装菜的袋子里,各种蔬菜都没有独立的包装,就那么混在一起,回到家,往阳台上一倒,叽里咕噜的长的圆的扁的各色蔬菜蹦跳着鱼贯而来,弄得我眼花缭乱。五彩斑斓的组合,似浓墨重彩的国画,以至于我不忍把她们挑分开。接下来的几天里,整个阳台的地面铺满了这些带着泥土的缤纷的蔬菜。

我喜欢这缤纷的色彩,更喜欢这秋的味道。每天早上起来第一件事,就是推开阳台的门,先站在门口,深深地吸几口混着葱味、草香味和菜香味的空气,让秋味在胸腔和身体里回转几次,再蹲下来摆弄那些小生灵一样的蔬菜。她们似乎也很喜欢我的亲近,有时放了几天的菜仍还鲜嫩。

这些蔬菜如秋事,让我常常怀想起儿时秋日里泛着秋味的田野,以及田野间那熟悉的身影。想起秋,就能想起秋日里辽阔天空中飘忽的云。我喜欢看那些看似虚空却美丽的云。秋日的云,形状少了棱角,或堆或散,看上去很是安静。我于这安静中,心生了不少的想往。

有人说,有思想的人往往活得很苦恼,很累;而没有思想的人却始终活得很愉快。我觉得自己不算是有思想的人。一直以来,我很现实地面对我生存的环境,从不奢望不属于我的哪怕是丁点的东西。我不攀比,也不好高骛远;不求官,也不求富。但我却不是愉快的人。我为自己整天按部就班一日三餐,迎日出看日落,懊恼着、困惑着。这个世界没因有我精彩,更不会因为没有我而改变。我存在的价值和意义呢?没有价值没有意义的生命岂不是枯草一根?想到枯草,我就会联想起秋天。想到秋天,我就想到那些蔬菜和庄稼。一粒不显眼的小小的种子,从埋入土中那天起,就担着成长和收获的担子。一个生命从开始就注定了责任。在这个宇宙中,和种子一样小小的我,生命的意义不就是责任么?我的责任,于父母、孩子、亲人,是任何人无法替代的!

人生如一春一秋,每个人都一样。活着活着,不知不觉就老了。短暂的人生里,无人不爱着、恋着这个世界。或许,只有这份爱和眷恋做根,生命的四季才会繁茂。而正是千百万的你我他,用满心沧桑守候爱与恋,才让这个世界变得天长地久。

秋,让我参悟了生命的意义。秋味,让我嗅到了生命的芬芳。秋味,这成熟的味道,让我在茫茫旅途的昏昧、困顿之时,豁然清爽。秋味,混合着泥土气息的清新的味道,让用心嗅她的我,心窗訇然洞开。还有什么,比活着更愉快的事呢!

2012.8.18

暖 雪

雪,是生命之水轮回时盛开的花瓣,是冬日的一种丰饶。或许命中注定我与雪结缘吧,我出生的那天,雪花漫舞,父亲给我取名希望我做一株傲雪的梅;也是一个雪花飞舞的日子,亲友和同事把我送上婚车,他们说不枉你的名字,雪天出嫁能转运;之后的我两次病重住院都是车在雪雾中疾行,让我死里逃生有幸再看雪舞……

清雅高洁的雪,不管这个世界是否牵念,只管每年冬天如约而来。晶莹清透的雪有着朴素的灵魂,所以,我这个小小生命的到来以及我生命的过程,若能有幸与雪结缘,我便该有和雪一样的素心,才不辱没雪的平静淡雅。我一直坚信,聆听雪韵的我,会融入雪魂中,内心明净,情思悠然。无论快乐和忧伤,都始终平静淡雅,明朗又不失明媚。

大概是全球气候变暖的缘故吧,今冬的雪也慢了性子,来的又迟又缓。没有雪的渲染风也孤孤单单的没有色彩,没有雪晕染的大地也被枯黄涂抹得苍苍凉凉的。好在,雪向来不辜负北方的期待。瞧,她来了。

有人说,冬雪是寂寞的。尽管她来得凛然,但与萧瑟为伍总显得萧瑟。然而,雪这精灵常常很顽皮,常常与风结伴,一路和风相拥着耳语着。风不弃雪,雪也恋着风。她们缠绵悱恻,纷扬相牵地嬉笑着,歌唱着,哪里还寂寞呢。风也很调皮,本想带着雪跳舞的她,却生硬地牵拉撕扯着雪,以至于雪的舞步轻盈中夹杂着狂野。

我喜欢雪,一朵朵飘下的,一片片挤压的,整个世界覆盖的,我都喜欢。

喜欢雪,我不管雪是轻盈着来还是狂野着到,我都当她是一朵朵素色的蔷薇,洒落下来和我素心做伴的知音。

喜欢雪,我就去有雪的小巷有雪的大街有雪的原野踏雪。踏雪有痕,雪沾染了人气,我也多了一个知己。我喜欢听落雪的声音,或浅唱或低吟,如同听花开的声音,是最深的禅,最幽的静。我相信,雪也能从我的足迹里听懂我的心音,可以感知尘世沧桑中我不老的诗心。

喜欢雪,喜欢她灵魂里短暂中生发的熠熠光辉。明媚的春光让她的纯粹一下子变得清澈,流淌进深深的泥土中,默默地让眼泪绽放出一片片嫩绿鹅黄。

我爱雪,空灵的雪是钟情的。雪把一生的归宿交给了大地,薄凉的她从扑向大地那一刻起,就开始了一生的践诺——温暖大地的怀抱,直到耗掉最后一滴血。

我爱雪,也接受雪的感伤。常常在雪日里会生出对诸多往事的牵念,那些往昔的不如意,好像与雪约好了似的,一起从视线走进大脑沟回里。整天忙忙碌碌只顾眼前,甚至都没有喘息的时间来设计未来的我们,更吝啬盘点过去捡拾往事。唯有于那昏暗的天地相连的雪天里,才能痛痛快快地回忆曾经的或大或小或喜或悲的往事。也唯有圣洁的雪,才能将往事里的哀怨忧伤净化成烟云。

然而,爱雪的我,却愧对雪。我常常把我对她的爱用文字来表达，一行行深深浅浅的文字，让洁净的雪染上尘世的凡俗，我的灵魂曾无数次在雪夜里向她的素雅道歉，我愧对雪的温润与平和。

  前夜，车行在大雪纷飞的高速公路上，车内寒气袭人。我蜷在座位上，被周围人的抱怨包围着。我不知道一路抱怨的他们，来自哪里又去向何方。可是，在这漫天大雪的夜晚，谁又不是带着爱在路上呢？即便你不是刚刚握别最爱，你即将奔赴的也一定是给你希望的那个目的地。有爱在，雪中何尝不温暖呢？一路，我用一颗暖心与雪对话，车灯光束里轻盈翩然的雪，从没有过的璀璨，如娇俏的花，在我心间绽放。

  雪花漫舞，我心暖如春。

2015.12.3

手机带来的烦恼

　　时下从学生到老人,手机如同外套一样被拥有。不管是移动、联通、网通,还是 3G,游走天涯都近在咫尺;无论是问候嘱托还是家长里短,不管是商务洽谈还是情感交流,按键即通,方便快捷的有力工具。手机的功能也从起初的接打电话、发信息、听歌、玩游戏,到现在的拍照、录音、上网页、聊 QQ、导航地图、听广播、看电影……一机在手,几乎无所不能了。许多事情只要打个电话就能办了,省去了许多劳顿之苦。人们也渐渐适应了用手机缴费、订票等业务,手机已经成为生活的必需品。但随之而来的烦恼,让你的头不歇气地疼。

　　先说说短信吧。什么开业庆典、周年店庆、打折促销、制作假证发票、招生广告的短信,骗人谎说中大奖的短信,更可气的还有谎称孩子出车祸、病危要你往指定账户打钱汇款的诈骗短信息……随你看不看,它都随着手机屏幕的闪烁悄然飘来,且雨后春笋般,删也删不尽!这类的删了也就省心了,大不了手指多活动两次,可有的短信,让你云里雾里的,想不误会都难。前几天,单位一同事给我们讲了一个他爱人收到短信的故事。那天晚上,同事去喝酒很晚没回来,老婆手机进来个陌生号码的短信:我去你家,一会到,等我。他老婆就想啊,我都五十多退休老太太了,也不能有粉丝崇拜者啊,这人男的女的?大半夜来我家干吗?琢磨来琢磨去,她判定是和他丈夫一起喝酒的人和她开玩笑的。也难怪她这么想,因为从接到这个短信后,直到半夜她丈夫回来,也没人来敲她家的门。丈夫回来,已经进入半睡眠状态的她拿着手机给他看短信,问认识不认识这个号码。说来富有太戏剧性了,还没等带着酒劲的同事拿来花镜看清这个号码,这个号码又发来第二条短信:我到家了,你安心睡吧。弄得这夫妻俩张大的嘴巴半天没合上。短信,这个简洁、生动、活泼的网络文化平台,就这样被利用着。

再说说打电话。敢说,有手机的人,几乎没有不被"晃"过电话的。那方不定是哪个省哪个地区的电话,只拨通,瞬间就挂断,目的,就是为了骗人回话,赚取资费。还有打电话让人头疼的事:拨出号了,信号畅通还好,要是信号稍微不好,对方手机明明是开着的,结果你听到的提示不是对方已关机就是无法接通。不着急还好,要是有急事,非急死你不可。可恨的是,有时对方拒绝接听,你听到的却是"您拨打的电话正在通话中"的提示,高科技也没了准儿,信不信由你了。本来很明了的事,到头来却枝杈百出的。接打电话的人都从开始的计较对方不说实话,到几次证实后的懒得理会了。

再说说接电话吧。现在几家通讯公司的业务都差不多,基本都是接话不收费的资讯套餐。所以,来电话的基本都接。最闹心的是接到对方打错的电话。你明确说明你不是他要找的人,有明智人,会说声对不起不再打了。遇到犟眼子,会一拨再拨,你不接,他就不断地打;你接了,他就一字一顿地念一遍又一遍号码和你核对,甚至有粗暴的会高声质问:你谁呀?我就寻思啊,你知道你要找谁就行了,你干什么还要问我是谁?惹不起,挂了,关机。最头疼的是外出接电话。出门,不带手机不现实;关机有时怕耽误大事。可离开手机号码归属地,接听电话要花成倍的话费。对于我这个每天花销都要记账、掰着手指计算的低薪人来讲,总觉得这样的消费很心疼。我有一亲戚,对我的这个观点很不赞同,他的理论是:需要就是合理。认为接打电话远比发信息便捷,也更直接,谁过日子差这俩钱。可咱收入真低啊,有一全国政协委员说一个月开一万块钱还不够花,咱开人家十分之一,那你说,这长途话费那俩钱不省心疼不?最让人害怕的是闺密打电话。既然是闺密,那就是最最贴己的人,从对方说话的语气上,就能想象出对方的表情来。因为闺密的琐事,就是你肚子里的肠子,每天都牵着的。她说,你就要听而且还要配合她的情绪,或安慰或劝说。喜也好恼也罢,闺密的电话不到尽兴是不能挂断的。一个小时下来,手机烫手了,两只耳朵捂红了。不是怕跟着她开心或者气愤,让你本来好端端的人情绪一下子落尽了她的影子里,弄得一天也缓不过劲儿来。而是怕手机该死的辐射!乖乖,致命啊。然而,怕归怕,真要是几天没有闺密找你畅聊,你倒担心起她是不是憋着什么火了。

  手机,这精灵,是我们生活、工作和学习中最亲密的伙伴。手机,拉近了地域的距离,也缩短了人与人之间的情感之路。手机传递的远方亲人的声音,涓涓小溪般流淌进彼此的心田,让远方不再遥远,亲人不再清冷孤单。然而,随之而来的这些烦恼,也让你欢喜之余更有忧哦。

2012.3.18

岁末偶感

  清早打开微信朋友圈,匆匆浏览中,一个《你拿什么与2014告别》的题目吸引了我。点开这个微杂志的页面,汪峰的《怒放的生命》在一帧帧画面间飘出来。"一个月后,你要拿什么与2014告别"? 有人在问,岁月在问,我心也在问。

  又一个岁末,就这样在清冷宁静的冬日悄然而至了。

  我还在原地,岁月却已走远。

  曾经向往的未来,不知不觉就变成了今天;而短暂的今天很快又成为昨天,最后成为记忆的某一天。瘦瘦的光阴,怎么就这样不堪一握呢?

  不经意间,我被透着苍凉味道的岁月,染上了霜华,染上了世故。五味杂陈的岁月,总让生活多了一份薄凉。凡夫俗子的我,即便不至于一地寒凉,但脚下被踩出声音的日子,也总是时而高音,时而低音,忙碌的脚步下铺展的交响常常少些韵致。岁月在我心里,是一道时而阴郁时而明媚的风景,是一幅或斑斓或素雅的画卷,我轻轻浅浅的岁月痕迹里,更多的是白描。或许,是冬日寂冷清孤的缘故,我总在不眠的冬夜里更深地领悟隐忍与内敛。我想,这份沉潜,是源于岁月在沧桑了青葱容颜后,沉淀了人生的底蕴吧。

  天生酒过敏的我,烟也过敏,反对母亲吸烟已经成了我们母女间的心结。然而一直以来我却特别喜欢寒风中的烟火,暖暖的带着一丝柔软,让人妥帖舒适地想靠近。今冬,陪护父亲常常一夜不眠,母亲偶尔起夜时燃一截香烟聊以解困,每每深夜看着那忽明忽暗的星火闪闪的,我陡生一股暖意来。我深知,人间烟火的定义不是这纸烟,但至少那个夜晚,有吸着烟的母亲和我一起陪伴父亲;至少缭绕了50年的熟悉的烟味,会让父亲在梦乡里嗅到母亲的味道;至少,那一刻我躺在他们身边,分享着母亲享受生活的这份幸福。窗外寒风怒号,雪花飘舞,我心却在这烟火中生出缕缕温热来,它漫过眼角眉梢,涌便全身,足以让我心间的草木菲菲。在父母那小屋里,我的一颗心,在沾染浮尘沾染霜华后依旧安暖而淡然。这个冬夜,因我心填满了绵长的静暖,它不再寒凉。

　　心不冷寂,行走在岁月的长街上,就会一路向阳,一路花开。

2014.12.11

从雷锋日记解读雷锋

今年是雷锋同志逝世50周年,是毛泽东主席"向雷锋同志学习"题词发表49周年,学习雷锋和雷锋精神,再次成为全国各地热议的话题。我可以肯定地说,我们极少有人能够知道这个世界上最富有的五个人的名字;我们也不能一下子回答出最近的五名诺贝尔奖的获得者;我们也不一定知晓五位世界小姐冠军都是谁;也未必能叫得出最近五位奥斯卡金像奖的最佳男女演员的得主。然而,国人即便不记得这些名人,和改变这个世界的发明家、科学家或者是政治家的名字,但50年来,没有人不知道雷锋。

雷锋是平凡的人,短暂的一生从事的也都是极其平凡的工作,但他一心向党、向着社会主义的坚定政治立场不平凡;他全心全意为人民服务、甘当革命"螺丝钉"的崇高思想不平凡;他干一行爱一行的爱岗敬业态度不平凡;他刻苦学习和钻研理论的"钉子"精神不平凡;他勤俭节约的优良传统不平凡。年仅22岁的雷锋走了,在那个细雨霏霏的日子里,永远地离开了。我无法走近"伟大共产主义战士"的生活,可我很想知道,年轻的他精神世界里那光彩夺目思想光辉源于什么。于是,我找来了《雷锋日记》,翻读《雷锋日记》,我走近了雷锋。一个闪耀着共产主义思想光辉的雷锋;一个文学诗意的雷锋;一个有着理性思考的哲学的雷锋;一个忠于职守、勇于担当的责任意识的雷锋;一个助人为乐、诚信的雷锋。

　　闪耀着共产主义思想光辉的雷锋。雷锋日记里,也有从伙房偷吃锅巴的记录,也有被冤枉谈恋爱的委屈,但更多的是弥漫着政治激情和青春激情,以及为谁活着和怎样做人的人生观——"人的生命是有限的,我要把有限的生命,投入到无限的为人民服务中去";"可以说,我的周身每一个细胞里,都渗透了党的血液";"我们是国家的主人,应该处处为国家着想";"我愿做高山岩石之松,不做湖岸河旁之柳。我愿在暴风雨中艰苦的斗争中锻炼自己,不愿在平平静静的日子里度过自己的一生"……生发着熠熠的思想光辉,我想,今天的党员干部,如果能在雷锋精神中寻找到思想的源泉,那么忠实践行立党为公、执政为民就会更好地落在实处。

　　文学诗意的雷锋。雷锋只有初中文化程度,他的日记也多是平实朴素的语言,不过,许多篇日记文字简练而生动。他在1962年3月12日写道:"骄傲的人,其实是最无知的人。他不知道自己能吃几碗干饭,他不懂自己是沧海一粟……这些人好比一个瓶子装的水,一瓶子不满,半瓶子晃荡,可是还晃荡不出来。"杂文的笔法,通俗流畅。1961年10月19日他是这样写的:"一块好好的木板,上面一个眼也没有,但钉子为什么能钻进去呢?这就是靠压力硬挤进去的,硬钻进去的。由此看来,钉子有两个长处:一个是挤劲,一个是钻劲。我们在学习上也要提倡这种'钉子'精神,善于挤和善于钻。"比喻贴切,独具匠心。1958年6月7日他又这样写道:"如果你是一滴水,你是否滋润了一寸土地?如果你是一线阳光,你是否照亮了一分黑暗?如果你是一颗粮食,你是否哺育了有用的生命?如果你是一颗最小的螺丝钉,你是否永远坚守在你生活的岗位上?如果你要告诉我们什么思想,你是否在日夜宣扬那最美丽的理想?你既然活着,你又是否为未来的人类生活付出你的劳动,使世界一天天变得更美丽?我想问你,为未来带来了什么?在生活的仓库里,我们不应该只是个无穷尽的支付者。"自然酣畅,意境恢弘,比眼下许多矫情的诗人的词句更耐读。

雷锋又是充满理性思考的、有着哲学思想的人。他这样写道:"谁要是游戏人生,他就一事无成;谁不能主宰自己,永远是一个奴隶。"还有:"吃饭是为了活着,但活着不是为了吃饭。"在6月30日的体会:"我认为,一个革命者,要树立牢固的集体主义思想,时刻都要把集体利益放在第一位。同时还要坚决打消个人主义,因为个人主义对革命不利,对集体有损害。个人主义好比大海中的孤舟,遇到风浪,一碰就翻。集体主义好比北冰洋上的原子破冰船,任凭什么坚冰都可以摧毁。我认为坐在小舟里摇摇晃晃不好,还是坐在原子破冰船上乘风破浪一往无前为好。"……雷锋是模范,然而他没在荣誉面前迷失自我,他的冷静和理性的思想,是现在许多他的同龄人甚至许许多多的党员干部所不具有的。

雷锋是无私奉献、助人为乐的典范。在雷锋的日记里,记录了许许多多捐款、帮助他人的小事,也正是这些举手之劳的小事,构成了社会文明进步不可缺少的养分。如果,今天的我们,从公交车让座开始;从斑马线上扶老人过街开始;从节约每一滴水每一度电每一粒粮食开始,那匡正道德失范、矫正诚信缺失,将是件多么简单的事啊。

翻读《雷锋日记》,我寻到了蕴藏在人心中最本善的品德;

翻读《雷锋日记》，我被闪光的中华民族传统美德照亮心灵；翻读《雷锋日记》，我读懂了真正的职业素养。半个世纪，雷锋永远地走了，但他的精神却在和谐社会中绽放着璀璨的光芒。

2012.3.6

心　洞

　　近日网上疯传浙江温岭幼儿园虐童事件,那个90后无证上岗的幼儿教师公然在课堂之上虐待儿童,并以此取乐。她微笑的面孔,与被拉着双耳双脚离地20厘米的男孩痛苦扭曲的脸,在同一张画面上,让人瞠目。不管她只是纯粹觉得好玩,一时兴起之作,还是个人幼稚的表现,或者是为了教育孩子,采取变态的体罚手段。但是,毫无疑问,幼儿老师虐童这种行为背离了师德和做人起码的良知,超出了公众的道德底线,违反了国家法律。用寻衅滋事罪算替罪也好,惩罚不当也罢,总之是无法阻挡类似这样的事情发生。

　　几个月前浙江杭州的90后实习护士虐婴,几日前山西太原的幼儿园老师虐童……不管是封条封住孩子在嘴,还是用针在孩子身上刺田字;不论是打屁股扇耳光,还是指使幼儿割耳朵;这些接二连三发生有悖道德和起码人性的事,让我不禁要问:他们的心洞到底有多深?这样扭曲变态的心理形成的心洞,到底弄伤了多少人心!

　　女儿也是"90后",和她谈及虐童一事,她显得很平和,叹叹气缓缓地说:"在幼儿园就算部分人没被虐过,可谁还没见过呢?'90后'虐童就全社会喊打,不是'90后'就没有虐童的?许多父母对孩子的教育就不存在虐待现象?我幼儿园时,那个怀孕大肚子的阿姨不是'90后',可那次她把我班最瘦小的女孩连打了十几个嘴巴子,两个鼻孔往出喷血,我们全班吓得哭声一片。还有那个头发都白了的老师,她把一个男孩的裤腰带子挂到上铺床上,在空中晃悠悠地吊着的男孩,刚被这个白头发老师打了几下,他就顺着腿淌尿。那次,我也被吓尿裤子了。"

如果没有虐童这个事件,女儿不会和我提及她在幼儿园的那两幕阴暗的画面。我一直以为主张报考师范院校的女儿,会极崇拜尊敬老师的。罩着幼儿园时镌刻下的阴影,女儿还坚持今生要当个好教师,我想,她大抵是想给她的下一代尊崇教师的机会吧。教书育人的心理扭曲有心洞,当然,被教育的学生有心洞就可以被理解吗?

前段,一位女儿的学弟高二男生,因女友的一句:"我父母家人不同意你我交朋友"的话,竟然触动了他的杀机。他和他哥哥,用砍刀一次砍死了包括一个五岁小孩在内的六个人。筋疲力尽的两兄弟,逃进青纱帐般的庄稼地,仍计划着继续砍杀另一女友的全家。听说这两个人已经在此之前做了许多功课,诸如怎样的时机下手,逃亡时如何在野外求生等。

如果是爱让他们俩疯狂,那么,为什么他又把最爱绑在了山上?如果爱需要用几个人身体里的鲜血来滋养,那么,这棵爱的秧苗会不会被血流浸死?有句俗话说爱屋及乌,将你爱人的亲人血刃成尸,你真爱她?如果你对女友的爱变成了恨,那么,你更恨的该是你的父母!不然,你为什么让生养你近20年的父母因你的罪恶而痛彻心扉、伤心欲绝?

在德育教育、以德治国的氛围下,在那些全国道德模范、见义勇为的光辉里,拉小孩耳朵,试着让小孩凌空的感觉,这个老师用自己的好奇心填满了自己的心洞；她心里没有张丽莉老师危机时刻挺身救学生的身影！挥刀砍死女友的亲人，男生用尸骨血流填满了自己的心洞。他忘记了汶川地震中那个舍生忘死的男孩的英勇。我们有理由害怕师者的心洞，因为我们希望下一代健康成长；我们怕医者的心洞，因为我们更愿意得到"父母心"的慈悲；我们怕年轻人的心洞，因为我们的国家需要栋梁；我们更怕为官者的心洞，因为我们的民族需要挺立昂扬的精神。

心洞，我们伤不起。

2012.10.30

莫等待

前日在央视全国第十五届青歌赛现场直播中，王立群评委对那位在快问快答环节回答问题的藏族歌手点评时说：你敢于回答问题很好！过错，是暂时的遗憾；而错过，是一生的遗憾。听罢，我心一动。主持人小尼又重复了这句话后，这几个字就在我耳畔铮铮作响，一直萦绕着。

细想想，人的一生，最频繁的状态就是等待。等车，等人，等做好的饭菜吃；等回信，等消息，等结果；等春草萌芽，等夏禾拔节，等秋天收获；等长大，等机会，等成功……在这种感觉渺茫的、全然被动地等待中，我们很少去认真探究，这种一味地沉默的忍耐，到头来会是什么结果。往往这种不甚了了，让我们在等待中习惯了等待。

我们常常对自己这样说，或者听别人也这样说：等我有条件了……言外之意就是现在要做还不是时候，当下不能做的理由不是自己主观不做，而是条件不够。岂不知这种靠运气的等待，和放弃近在咫尺！

事实上，许多事情，仅凭猜测或者经验判断，不去尝试，不去做，我们是永远无法预知结果的。

全球华人首富李嘉诚，14岁那年，他的一位会看相的同乡和他的母亲说："你的儿子眼眸无神，骨瘦如柴，未来恐难成大器。他若安分守己，终日乾乾，勉强谋生是可以的，但想飞黄腾达,恐怕是没有这个福分了!"而刚刚失去丈夫的李嘉诚母亲则鼓励儿子说:"阿诚,天命难算,上天一定会厚待善良、努力的人。"在战乱、父亲病故、贫穷三重奏的悲歌里,在人情茫如风影中,面对黯淡的前景,李嘉诚就是坚信未来跟明天是两回事,天命和命运也不同!他执着地认为,明天只是新的一天,而未来是自己在各种偶然中不断地选择去做的结果。他用他的追求自我、努力改善自己的正面驱动力,把思维、想象和行动谱成了乐章,在各种机遇和挑战中实践自我。用实际行动,给未来和目标交了一份圆满的答卷。他把知识、责任和目标融汇成智慧,验证了天命不一定是命运的真理!

从李嘉诚的成功我们不难看出,只有做行动的英雄,只有凭自信、努力和实践,才能抓住机会,把握机会,改变命运。

想做我们就去做吧。做错了,我们可以修改、弥补。而不做,错过了,便连修改和弥补的机会也没有了。何况,人的生命是有限的,今天,错过了,就永远不会再有昨天的今天!记住"昨天的你,永远比明天的你更年轻"这句简单的话,或许你就会行动起来,把命运掌控在你自己的手上。

莫等待,做你自己的行动英雄。

2013.4.5

2013年春天的期盼

　　2013年,塞北的春天来得特别的迟。迟得躲在有暖气屋子里的人们整天的抱怨:怨春风不煦,春草不萌,春阳不暖,春色不鲜。然而,在4月20日,不幸再次降临天府之国的四川,春意阑珊的雅安,人们在春暖花开的百花园中,却瞬间失去了家园。平和的生活中,我们抱怨老天不公,春天来了,该暖不暖。四川人民,会不会抱怨老天不公,灾难频至四川?

　　灾难,一个令人心痛的字眼。地震的灾防不了,也躲不过;但难,我们却能战胜。灾,是片乌云,但难不是黑暗。有党和政府的关怀,有全国同胞的关注,再难的难关我们也能度过。紧急救援,避免更多的人罹难;措施得当,确保更多的伤者脱离危险。地震,让雅安成为灾区,地震使得雅安成为涌动热浪的爱的聚集地。

　　我不是战士,也不是医护人员;不是志愿者,也不是记者。灾区的土地上不可能有我为灾区人民尽心尽力的身影。我的身影,只能在北国小镇那个雨后的广场上,于夜幕下手捧蜡烛的祈福者中间。我为雅安的逝者祈福:愿梦中不再醒来的他们,天堂里看到的仍是姹紫嫣红的春天!我为伤者祈福:愿生命此后不再有痛不再缺残;我为雅安那片土地祈福:相信有爱的阳光照耀,明天,那里仍会春色满园。

　　我的身影,在电视和电脑屏幕前。我关注那个从水泥板下救出来的孕妇是否安让无恙;我担心,截了肢的那个小姑娘长大后能否会遇到一个给她抚伤的男朋友;我惦记汶川失子、雅安失女的妈妈,可否哭坏了双眼……

我的身影,在为灾区捐物的活动现场。我在我捐出的心爱的裙子、羽绒服、棉衣和被子上,都贴上了"远方的朋友,祝你幸福快乐"的天蓝色即时贴纸条。我不知道,邮局打包后,我的这几件衣物能被送到雅安或芦山的哪个家庭。我无法想象出那个打开衣物的男人或者女人、老人或者孩子,见到我的纸条会有什么表情,我只想让收到带着我气息的那几件衣物的人,感受到我这个陌生人的真诚的祝福和期盼。

5月1日,龙江镇华龙社区、龙江县邮政局、大美龙江户外俱乐部和我们龙江县作家协会在志刚广场组织了为灾区捐物活动。这一天,是2013年入春以来气温最高的一天。春天,姗姗而来!

在这样一个不平静的春天里,我和我的文友们,在各自单位组织的为灾区捐款后,用文字表达一份哀痛和祝福外,又用"献绵薄之力,涌温暖之泉"的一点点心意,为同在春天里,却心中失去春色的雅安人民做点我们能做的小事。用我们心底最真诚祝福,期盼雅安人民早日重建家园。邮政局的车载走了我们的心意,也带去了我们龙江人2013年春天的期盼——相信,天府之国明年的春天更明媚!

2013.5.6

淡看人生

生命是个偶然。

于偶然的生命中开始的人生,也充满着无数的偶然。结识朋友是偶然,与谁同事是偶然;从事什么职业是偶然,走近某个人亦是偶然……偶然的邂逅或许就注定你一生与之相守,偶然的机遇或许改变你的一生。偶然,使得人生没有什么是一定的。今天,你是赤脚的,也许运气明天就眷顾你,让你长出翅膀大富大贵了。

能正视偶然的人,也就能正视人生,释然人生了。劳碌即使换不来应有的幸福,它也因生命的充分燃烧而闪耀出灿烂。生命的火种未必弄得狼烟四起才算辉煌。客观地面对人生,不悲不喜,不嗔不怒,即便坐在家里也照样走天涯。懂得不在得失中煎熬,自然就懂得如何爱自己了。爱自己,珍视偶然的生命和人生。不管你怀着一颗恻隐之心看待生活的这个世界也罢,还是怀着大爱之心为他人着想也罢,活着,就是为了爱。

谈到活,就不得不说活着的种种不容易。平民活着挺费劲,富人照样活得很辛苦。上苍赐予你生命,就必然同样交给你一张答卷。一道道难题都填满了,上苍也就召回你了。这张答卷有生活问题,有感情问题,有事业问题的选择题,有充斥着意外与疾病的必答题。

面对生活,能把柴米油盐、市井嘈杂变成协奏曲,你的答卷就是高分。不过，即使你的答案一塌糊涂，上苍也不会怪你，倒不是上帝仁慈，而是无奈。面对情感，能握住爱的魔杖，是选择把持还是选择当为杖，用之则拄不用则弃，上苍也都会笑看，因为上帝知道人生这台戏，不同的人总会扮演不同的角色。面对事业，追名逐利头破血流的，上帝会说：杂念与生俱来；努力挣扎仍在谷底的，上苍会说：小草也是生命。面对意外与疾病这个必答题，所有人都想回避却无一幸免必须回答。有的人在防不胜防的意外中顿悟生命的价值与意义，有的人则交上一份一蹶不振的答卷。至于疾病，有的人缠绵病床上，与如影随形的病魔独自抗争，孤勇得有些凄惨；有的人则在病榻前守着不离不弃的亲人，温暖得如荒漠之中开出一地繁花。疾病面前众生平等，地狱门前有乱石也有忘忧草。生命，在死亡时，殊途同归！

  人生，偶然的产物。呱呱坠地空手而来，吐纳出一辈子的辛劳沉寂于另外一个世界，已经逝去和未曾到来的将都不再属于他了。由此看来，我们的一生便也不存在失去。如此，活着只有"尽人事，听天命"才好。

2013.12.5

情　缘

　　80年代末读中专时，常参加学校组织的各种演讲比赛活动，加上编辑校报时常自己写些小稿，对创作多了一份兴致。在一次学校组织的关于理想信念的演讲比赛中，拿了个一等奖，遂被校团委书记推荐参加了吉林省作家进修学院《作家》杂志社的文学创作函授班，在函授的一年里，我创作的习作《秋叶》、《站台》和《春雨》分别在《作家》杂志、《作家摇篮》和《辽宁青年》上发表。函授结束后，我被函授中心评为1987年度优秀学员。由于有创作特长，1989年学习乳品专业的我，毕业后被分配到专业院团做编剧。只在文学杂志上发表过不足十篇小作品的我，对戏曲、曲艺创作一窍不通。拜师学习写剧本那段时间心理压力特别大，为调节情绪，舒缓压力，我常写新体诗改变心境。律动的诗句灵动着我沉郁的心，也让我在地方戏创作理论学习期间，找到了一条"换空气呼吸"的最佳途径。

　　记得1991年春节后上班的一天，我们团里召开中层干部会议，我做记录。当时因为一件小事，他们争论不休，争嘴吵架的话无须记录，我就随手翻看办公桌上的报纸，《齐齐哈尔日报》副刊的一篇文章吸引了我。我悄悄记下了《齐齐哈尔日报》的地址，下班回到家后，精心选了三首自己觉得最满意的小诗，一笔一画抄写在稿纸上，小心翼翼地装进信封，因为不认识任何编辑，只在信封上写副刊部编辑老师收。稿件投出去后，我便开始关注《齐齐哈尔日报》。只要有副刊那天的报纸我就扣下来，偷偷拿到自己办公室看。一周，两周，一个月，终于，在1991年3月21日的第三版，我见到了《诗的花蕾》栏目下，陈雪梅的《变奏的三月》。短短的30行200字的小诗，真的就那么巴掌大，却湿润了我的双眼。我知道，这眼泪不同于三年前在杂志上发表处女作那种兴奋，而是黯然的戏剧创作中洒进的一缕光兴奋了我的神经。因怕老团长或同事看到报纸，认为我摆弄诗歌不务正业，我匆匆收起第一张印有我名字的《齐齐哈尔日报》，继续捧读耿瑛著的《二人转写作知识》。

也许是《齐齐哈尔日报》发表我作品给了我一个创作需要兴趣的心理暗示，或是不懂音乐和曲牌的我觉得曲艺作品更适合我。收到那张《齐齐哈尔日报》后，我不再戏曲创作上纠结了。我用一个月的时间构思创作了一个反映诚信的小品《修车》，经过三次修改后，邮寄给黑龙江省纪念中国共产党成立70周年曲艺作品大赛组委会，两个月后，我收到了组委会寄来的二等奖获奖证书。

都说人生是一场偶遇。在不期而遇中邂逅一些人和事，往往真的会改变一生。我身边的人或许没谁知道当年《鹤城青年》编辑部给我颁发过记者证；没人知道1992-1993年度《青年文学家》杂志社的G0080的创作员编号就是我；也很少有人看到过1998年5月20日《齐齐哈尔日报》和《鹤城晚报》发给我的通讯员证，但身边熟悉的人几乎都在《齐齐哈尔日报》的副刊上读过我作品。是家乡的报纸《齐齐哈尔日报》这片沃土，滋养着我文字的种子，让它生根发芽茁壮……遗憾的是，直到

2004年县作家协会成立时,齐齐哈尔市作家协会领导莅临,我才第一次认识《齐齐哈尔日报》和《鹤城晚报》副刊部的两位编辑老师。

《齐齐哈尔日报》的编辑老师,在我参加工作开始的创作道路上给了我最初的鼓励。在1991年以后的二十多年间,搞专业戏剧的我,却始终偏爱散文和诗歌创作。以至于在本职工作上没什么建树,直到现在还只是国家二级编剧。更为遗憾的是,虽然我也出版过个人散文集,在各级各类报刊发表过几十万字的散文、诗歌和戏曲曲艺作品,但我的文字一直如小草未能成原。然而令我欣慰的是,我用心记录的文字——那些一株株纤纤的草儿,在不同的文学刊物和报纸上萌着一芽芽新绿,脆嫩丰盈着我的生活。让浮嚣的世界里疲于糊口的我,拥有了一颗宁静的心。

如今,在小县城工作的我也做了编辑,不但编辑协会的小报和文集,也成为县文联出版的文学刊物的专职编辑。我每天在快乐中书写着记录着,文字已经成为我生命中最忠实的伴侣。在功利和喧哗吵闹与落日一同被大地吞没时,我守着心灵的田园,在宁静中虔诚地侍奉文字,我朝圣的脚步,《齐齐哈尔日报》和《鹤城晚报》是曾经的见证者,也将是永远的见证者。

2014.9.7

一生的情人

　　妇联安排采访需要救助生活困难的女性,时间定在周末,刚好赶上元宵节和西方的情人节。
　　我和电视台的记者,是被青华社区的两位书记指引着走进这间在巷子深处低矮的平房的。推开门,厨房里有袅袅的炊烟扑面涌来,顿感亲切的家的味道也随之涌上心头。走进里屋,女主人躺在垫着三条褥子的火炕上,她身边半卧着患有精神疾病的女儿,她女儿的身后,坐着智力稍弱的女儿九岁的孩子。男主人俯在炕沿前喂女主人吃饺子。因为在车上社区书记已经介绍了这户的致贫原因,电视台的同行直接录制同期声。先是男主人陈述女主人的病情,接下来麦克转向躺在那里的女主人,足足有一分钟,坐在旁边记录的我没听到一句话。起身走近,只见女主人已经泪流满面。脸上渗着汗珠的男主人边为她擦眼泪边劝,人家都来帮咱了,你别哭,说话。女主人顿了顿,哽咽着说:这些年我能活过来,真的感谢党、政府和社区领导,还要感谢我老伴。我得病27年卧床17年,几次我说离婚不拖累他,他都不答应,他对我不离不弃,有情有义……他和她没有誓言,没有钻戒玫瑰花,在今天这个西方的情人节里,我看到了一颗真爱的心上嵌着的几个字:一生的情人!
　　外面不知何时飘起了细密的雪花,穿过雪雾,我们驱车赶往下一个家庭。车上,我用最快的速度,浏览这个家庭简介——一位单身母亲，25年前生下一个先天软骨症、脑瘫的儿子，四年后又生下一个患同样病的儿子。再四年后丈夫承受不了打击，选择悄无声息地逃离了。25年来，这个母亲没睡过一个整宿的觉，白天给两个儿子喂水、喂饭，洗漱，接屎接尿，晚上隔十几分钟就要起来给他俩翻身。两个孩子一刻也离不开人，照顾孩子不能打工，打工不能照顾孩子。曾经托年迈的父母帮照顾孩子她出去打过工，但意外让她腰部爆裂性骨折。照顾着两个连蚊子叮咬都要靠别人打的全身瘫痪的儿子，精神和经济双重重压，2013年9月，让这个女人倒下了。医院诊断脑血管瘤，术后她也瘫在了床上。

  敲开她借住在弟弟家的门，开门的是女主人的父母。这两位七十多岁的老人，一脸的憔悴。我们一行六人被引进了卧室，我被眼前的场面惊呆了：一个大头的男孩坐在轮椅上，只有肩托着头，看不到他的上身，肩胛骨与胯骨叠在一起，两条不及婴儿胳膊粗的腿上几乎看不到肌肉。另外一个则脸朝上，身体扭曲地躺在地板的海绵垫子上。床上是因术后脱臼不得不吊着绷带、目光呆滞、半躺着的两个孩子的母亲。面对这样的一家人，看着这位与我同龄的命运多舛的母亲，我的胸腔里翻涌着热浪，眼睛辣辣的。

  因经济原因，她术后没去做康复，恢复得很不好。不但半个身子不好使，口齿也不清。面对记者的镜头，她反复说，我太累了，不想活了，可我放不下两个孩子！就是这种不舍，这份眷恋。让她不仅仅是两个孩子的母亲，更是这两个长不大的男人的今生情人！

  县委办来电话催要一份材料，我提前走了。路上，雪渐大，贴着车窗,有雪花舞着,轻盈盈的。从天而降的雪,也和我一样不知前生或来世。今生,雪和她的情人云一起,来到人间。人呢,今生守着情在世上,百年后化为一缕云烟。

情定今生,守情一世。故事里的男主人做到了,那位伟大的母亲也做到了。送房送车,送钻戒玫瑰和巧克力的千千万万的男人和女人们能不能做到呢?

2014.2.15

你的花田有荷开

  身体不适，卧床休养。顺手选了女儿书柜里的《花田半亩》，这本2009年度最值得一读的30本好书之一、中央电视台午间书简等全国数十家媒体联合推荐的一个美丽女孩的生命绝唱，当初女儿捧回奉读后，我也翻看过。花田文字里承载的对生命的敬畏与感动，对生命的挑战和对生命的彻悟，都深深地感染过我们母女。

  这个大眼睛梳着齐耳短发、穿着棉布格子衬衣的《城南旧事》里小英子一样的女孩，在如花般的青春里，在面对一天天纷落的日子，无处躲藏时，用细致的文字记录日常生活。病中，她钻进文字里，安心地生活。可生活却没给她安心！春光下，她的天空靠栽满花树的彩色梦来斑斓；满塘荷花盛开时，她的心情只能在单调苍白的病房里灿烂。面对日渐逼近的死亡，一个20岁的花季女孩，在孤寂中听雨、看花、歌唱。在她心里发芽的文字，每一个都透着翠绿，盎然着世人。她曾写下："在旷野里，泪水滴落在衣衫和手腕，任它们奔流，任它们沸腾，再在月光里冷却，化作明早的露水！"的文字，要知道，她是在"我想纷飞，我想痛哭，我想一个人站在旷野的中央，质问命运"的心境下愿沸腾的眼泪化作露水的。我真的难以想象，时不时就要住进医院里、脸色跟纸一样白的你，怎么会有如此的胸襟？一个羸弱的女孩，居然能把可恶的病毒描绘成"血痂上长出一朵洁白的小花"！田田,你这样,让整天抱怨生活的健康的成年人何堪?

面对病魔,你没有怨恨,没有咒骂,只轻声地说:"疼痛终于会将我打磨成一块美丽的宝石,不怕,不怕。肉体的痛苦,是在将我的灵魂度化。"小小的你居然跟狰狞的病魔说"既然生死皆是顺化,又有什么是一定要为之悲伤的呢"?这个在亲人、同学和老师眼里开朗、坚强、勇敢的女孩,是怎样忍住她泪水的?善良的孩子啊,你知道吗,你藏起来的眼泪,在这个夏日的午后,悄然地流到了我的心里,渗到了我的血液里,沸腾了。

田田,我真的喜欢你,不仅是怜爱你的早逝,更是喜欢你荷一样清雅,喜欢你如荷纯粹干净的文字。你的50万字里,没有疼痛,没有苦哀与忧怨;没有自怨自艾和自怜的矫情;没有绝世前愤慨的呐喊与嘶吼。在去世前五天,咳到心肺俱裂弱小的你,却仍感叹自己不该怅惘地荒废掉夏天。你珍爱生命的一季一荷,一分一秒。正如梁晓声和路文彬两位教授对你的评价:始终近在咫尺的死亡,令田维早早提前完成了对现实的超越。不错,面对死亡,宁静的田维,用她21岁的青春,写下了对生的严肃、对死的淡定,超越了崇高!

在你离去7年后的这个夏日,我再次走进你的花田。看盈盈满塘池水中,绿水浅泥里,荷花静默地绽放。你说过,7月,荷花在芬芳中复苏,你亦清醒着。天堂里的宝贝,你的花田有荷开,你看到了吧?

2014.7.6

目标与幸福

古往今来，几乎每个人都有自己的目标。

目标有长远的，有近期的；有宏大的，有简小的。但不管怎样，当有一天你达到了预期的目标，就会发现，你原来的目标不是你的终极。也就是说，我们不得不承认目标的阶段性。只要生命还在，往往都会在结束了这个目标后开始下一个目标的预定，每个人都是在这样的阶段性的目标中开始和结束。但是，无论哪种目标，都给不了任何人永远的幸福。如同人生的旅途上，终点永远只能是生命的结束，而不会是在半路。当然，目标有对也有错，不过，即便很多人坚持了不该坚持的目标盲目了半生，目标，始终是人们追逐幸福的期待。

在一个接一个的目标中前行的人们，寻找着自己的人生意义和价值，寻找幸福的真谛。

哈佛370年历史上第一位中国籍学生朱成，在哈佛就读硕士学位、博士学位期间，就当选为有11个研究生院、1.3万名研究生的哈佛大学研究生总会主席的职位。而从小身体纤弱的她，因为每次体育课跑步都落在最后，沮丧得害怕上体育课。是母亲安慰她："没关系的，你年龄最小，可以跑在最后。不过，孩子你记住，下一次你的目标就是：只追前一名。"她就是抱着"只追前一名"的理念，从北大毕业后以全额奖学金被哈佛录取的。"只追前一名"，就是所谓的"够一够，摘桃子"。它告诉我们,没有目标便失去了方向,没有期望便失去了动力。可如果目标太高、期望太大,往往结果不是力不从心便是半途而废。明确而又可行的目标,真实而又适度的期望,才能引领人脚踏实地、胸有成竹地朝前走。

可悲的是,有的人不能正确认识自我,也不知道自己真正需要的是什么,虚荣或从众设立人生目标。让本就迷茫的心走上了一条盲道。跌跌撞撞走在路上,委屈着、抱怨着、仇恨着,让本该明朗清爽的生活,变成了无休止的疲累。我倒认为,千万的目标,皆是心的分别。与心相悖,就免不了与命运相背。生命的旅程恰如一场醒悟,如果能在跨越一个个里程时,在深深浅浅、坑坑洼洼中,将得与失化作寂寥的一笑,或许你才不至于让自己的目标成为一场虚无。

心灵有家,生命才有路。

目标,是心的方向。只要不背离自己的心,设定目标,简单地朝前走,幸福就跟着来了。呷一口清茶,随手翻一页书,瞥一眼案头绿生生的植物,简单到渺小。眼睛是清亮的,心也怀满了喜悦。或揣一抹素情,于宁静的夜晚,点燃记忆的灯盏,将洒落于生命的情缘与喜怒哀乐,沉浸于飘香的墨海,撰一卷闲文怡情。提笔是老,落笔生情……不是幸福么?

大千世界,万物芸芸,人生的目标万千不一,目标不在高低,不是远近,安住当下才幸福。

2014.5.4

2015 我来了

　　2014最后一夜，躺在父亲的身边，看着他清瘦的脸庞痛苦的表情，我的心如寒窗外的冷月一样，凉凉的，为只能陪他过新年而不能排遣他一丝的痛。但我很清楚，如同我不能握住既明净又沧桑的岁月一样，面对老迈的父亲，我无能为力。于是，在那一整夜的陪护里，我的思绪在夜空中铺展开的白月光纸上，串成一字字一句句，和昨日告别。没有碾墨的生香，没有落墨的疼痛与忧伤，没有艰辛烦恼和迷茫，也没有那些关于爱的温暖与祈望。有的，只是揣着对旧时光的怀恋，来感恩命运对我的优渥。

　　从古到今，由生到死，即便爱得死去活来的情，也未必能比得上光阴二字，唯有光阴如影随形，魂梦相依。它从春日的暖风中走来，又被冬日的烈风卷走；它在童年的歌声中飘过，又在晚年的惋叹中萦怀；它在雨中在伞下，在阳光里在路上。光阴不计较人们对它的误解与哀叹，它不分贵贱，无私、平和地相待珍惜它的每一个人。不管是被人温柔无情地送走，还是被孤独地遗忘，它都给人们留下一段又一段回忆。不论风雨春秋，光阴不曾改变，变换了的是人事，是情怀。对待热爱生活的人，光阴把最美妙的东西落在了修炼它的人身上，让参悟生命意义的人，觉悟到光阴妙处而自在闲适；对光阴视若无睹的人，光阴这把利剑掠夺的可不仅仅是你的青春和激情，而是终了此生时深深的喟叹。

在光阴的游走中，我也亦步亦趋地向前走着。不知不觉，就走进了2014最后一天。夜深了，2015新年的钟声即将敲响。在昏昏的夜灯下，看着身边半睡半醒的父亲，我心有些苍凉。起身站在窗前，拉开窗帘，窗外居然有礼花璀璨在星空下。那一刻，眼前忽然出现了小学一年级语文课本上，一架飞机的机身上写着奔向2000年的图片。那时的我，已经可以计算百以内的加减法，却无论如何也不能在计算出来的数字里，想象出到2000年32岁的我会是什么样子。转眼，童年里遥远的2000又过去14年了。我的童年，我的故乡，都淹没在光阴里，任凭如何洗刷都回不到原来的模样了。病后卧床的父亲，意识常常模糊，他有时自己挣扎着坐起来，甚至爬到门口，用哀求的眼神看着母亲说：咱吃完饭，结账回家吧，我没喝多，可以回家。被弄得哭笑不得的母亲顺着他的话茬说：你家住哪儿，我送你回家。父亲就会很肯定地说出接纳他下放劳动改造的那个地名、那个我出生的被我称作故乡的地方。母亲边给我打电话让我回去帮她把父亲扶起来弄回床上，边劝慰父亲：外面下着雪，等雪停了，天好了，过年时我就送你回家过年。在已经不知道自己年龄、生辰，甚至有时连子女都不认识的父亲，记忆深处却是让他最温暖的地名。那里，于父亲，已不再是牵挂，而是心底对它的依恋情结。时光，更换了昨日的物象，冲淡了悲欢离合，却给心刻上了眷恋两字。

望着窗外闪烁的星，在隐隐约约的礼花炸响声中，我回到了父亲身边，躺下来却没了睡意。

年近半百，我对世间繁华已无几多热爱，不喜喧闹，不攀不比,不吵不争,不忧不恼。每日除了本职工作外,做自己喜欢做的事,看看书,写写字,陪陪老人,调调身体。在拮据的时间里,活出阔绰大方,活出洒脱怡情。作为小人物的我,没禅意也没有智者的修为,但经历了人间诸多必经之事后,我渐渐变得从容,从容的我何惧光阴催急?面对新年,我轻声说:2014 慢走,2015 我来了!

2015.1.3

半个世纪的等待

  人的旅程中,总要邂逅很多人,在散落的缘分和遇见里,尽管有的人会在岁月中如流水落花,各奔东西,但总有几个照耀你生命的人,让你常常感念,默默深藏于心底。正如"人生最清晰的脚印,往往在最泥泞的路上"一样,在大姑心里,她随爷爷下放到那个山区小镇就读中学的同窗好友毛艳华,就是她生命最暗淡的日子里给她光芒的人。大姑也因此在半个世纪风风雨雨艰难跋涉的日子里,每每回忆起那些颠沛伴着饥荒的青涩时光,仍因有艳华的影子而暖意洋洋。

  爷爷去世后的几年里,父亲渐渐头脑不清晰,很多关于家族的事,我常跟大姑交流。谈到爷爷带着一家人,辗转下放到一处又一处时,大姑不止一次跟我讲她在当时称作李三店的龙兴镇读中学时一个叫毛艳华的同学,讲长她一岁的毛艳华宁可自己不参加运动会也会把自己珍贵的白衬衣借给她;讲同样吃不饱饭的毛艳华怎样将自己舍不得的吃食留给她;讲当班长的毛艳华却总把荣誉留给她这个文艺委员……每每说到这些,大姑眼里都噙着泪。她说,毛艳华刻在她13岁心灵上的那份温暖和美好,是那以后五十多年工作和生活中没有人能再给予她的。每次在结束我俩交流时姑姑都念叨着:都人过70了,不知道她现在哪里?过得怎么样?要是这辈子能找到她,哪怕通通电话听听声音也好啊。

我几经周折,终于寻到了大姑日思夜想的毛阿姨消息。大姑跟毛阿姨分别50年后第一次接通电话时的情形,大姑没跟我说,只是在毛阿姨一家去富拉尔基办事俩人见面后,渴望再次相聚成了大姑一年来最大的心事。选一休息日,我求朋友开车,陪大姑和姑父去阿荣旗拜会毛阿姨一家。

在毛阿姨家,两位年过古稀的两姐妹盈泪相拥,彼此生怕对方再离开似的,俩人双手环着对方的腰背,跳交谊舞般从门口一直走到客厅落座。老姐俩坐在那儿,旁若无人地拉着手,说着五十多年前上学时的一件件趣事。毛阿姨的老伴退休前是一家医院的业务院长,做了一辈子医生的他斯斯文文的,见两个老太太这样亲密交流,生怕坐在一旁的我们尴尬,一会儿给大姑父倒水,一会儿给我和我朋友拿水果。毛阿姨不愧是大姑的闺蜜,她没带大姑参观她一百多平楼房的任何一个房间,而是牵着大姑的手让大姑去看阳台的花儿草儿。毛阿姨推开阳台的窗,边往出走边回头对我说,你不知道啊,你大姑最喜欢花草了。其实,毛阿姨只知道十几岁时活泼开朗喜欢唱歌跳舞的大姑爱花草,只知道俄语呱呱叫的大姑学习勤奋又刻苦,可她哪里知道,因为爷爷的历史问题,大姑没机会继续求学,也不会知道在齐齐哈尔电缆厂做了半辈子流水线工人的大姑,是怎样带着多病的身体倒夜班,回家除了照顾两个儿子外还要照顾年迈的爷爷公公。在艰苦的日子里,那些花儿草儿的早已淡在了柴米油盐之外了。是安逸的晚年生活,才让大姑重新拣拾记忆里的那些美好的人和事……看着俩人湿了裤脚摘回来带着水珠的小柿子,兴奋得跟孩子似的,我心里潮潮的暖暖的。

在毛阿姨儿子儿媳和老伴的热情陪同下，我们在参观了占地六十多亩的抗联英雄园，在呼伦贝尔抗联纪念馆感受抗联战士在党的领导下不怕牺牲英勇杀敌的英雄气概；走进了极具民族特色的东光朝鲜族民族村，体验了民族团结下的少数民族人民富庶的生活气息；徜徉在镇内的王杰广场、时代广场等众多广场，那些生态园里蓬勃的叫不出名字的瓜儿果儿，触手可得。我们和那些在广场散步累了的人们一起，盈着满怀的惬意静静地坐在瓜架下，悠闲地享受午后的时光……

几乎一整天，走在整洁靓丽的现代化的小城里，两位50年前的好姐妹一直手牵手，她们边走边聊昔日校园里的点点滴滴，慨叹半个世纪风雨满怀的日子。短暂的相聚，让姑姑与毛阿姨有些恋恋不舍。到达阿伦河观景台时，已近黄昏，姑姑满头的白发很是耀眼。看着白发苍苍的姑姑和步履蹒跚的毛阿姨亲昵相携的样子，我拿出手机，给近乎相拥的两姐妹拍照时，不觉间眼睛湿润了，浅秋的风里，诗意的年华已不再季节的枝头妖娆。然而，今天她们一路相牵的陪伴，却绘制成了只如初见的永远。时间可以拆散一切，又何尝不成全一切呢。记忆里那些相伴相惜的细碎美好，都在她们重逢的那一刻绽放成一抹绚丽，璀璨着夕阳。

2015.9.8

写在岁末年初

  在岁末繁星满天的夜晚,我眯着眼躺在床上,心却开着一盏灯,这盏心灯如平淡生活中的烟火,不刺目,不耀眼,却温暖如晚归时一颗温馨的太阳。于是,我就在这柔和的光照耀下,默默地盘点一年的过往,于盘点间憧憬着。

  盘点,这个用于仓储的名词,在这个特殊的时刻,是总结,是追忆,是捡拾。其实,每一年,在我们的人生路上,都会多几分回忆和铭记。或悲或喜,或聚或散,繁华沉浮都如清风吹过的云朵,让我们在不尽的感慨中适应季节和流年的辗转。渐行渐远的往昔,将惶恐浮躁的我们一点点锻造成了今天的不喜不怒,不惊不扰。

  追忆,不外乎怀念昨日的美好,抛却昔日的烦忧。世间的美好纵有千万种姿态,但留给记忆的唯有一个暖字。即便生命的鬓角染上层层霜花,那些美丽的邂逅,那些暖心的情与爱,就如同一幅唯美的自然画卷,清澈着心田,缤纷着记忆。回眸间,那些痛苦悲伤以及不愉快的过往,让我们承受了太多的冷。变冷的心,被无情地丢在风里,而恰恰是这缕缕可以吹散炊烟的寒风,将所有的霾悄然弥散在旷野中,所有的烦恼忧愁也将随风飘散。此时,遗忘的味道变得温醇芬芳。

  捡拾,是总结里的细数。我常常在一段时光的结束和下一段时光开启的时候,与往事静坐。一颗心在白雪的掩映下,寻一份妥帖。在这个岁末年初的夜晚，我将输液的最后一组药瓶狠狠碾在脚下，踩碎后投掷垃圾箱里，然后，静静地躺下来，捡拾刚刚走过四季的明媚际遇。想想，从初春到盛夏，从晚秋到严冬，无论是路遇的山河还是岁月，不管是一个人的走近还是人来人往，我的日子在朴素的光阴里，有粗茶淡饭的香甜，有窗明几净的安居，有亲人手足的安在，我的心一派澄明。在那晚新旧交替的清凉的月光下，我整个人被阳光的暖满满地占据着。在与岁月相依相扶渐行渐远的似水流年里，我带着我的躯体以及我的思想，感恩着生命。在我心里，生命未必都要繁花似锦，活着就是慈悲，就是弥足珍贵，就是一种幸福。更何况，风尘仆仆的路上，我伸出手还会有人愿意相扶相握，暖我薄凉呢。

大概是喜欢文字的缘故吧，每年每年，总要把经历写成文字，似乎只有文字才能恒久地安放轻幽或者铭心的过往。一段段文字，记录着一个个故事，然后在下一年里回望时，安静地一遍遍去看已然成为故事里的自己。尽管我的文字不够婉约，少些雅致或禅意，亦没有智慧的哲理，不能让读者感受到华美诗意美或者深刻的思索，但我真实平常的文字为我卸去身心的苦累，蕴含在字里行间的是一道清隽怡情的风景，暖我的怀。让我平庸忙碌生活，因文字，淡去了人情世故的琐碎。躲在文字的后面，我心放宽，脚步放缓，不论有风雨来袭还是有花盛开，我都能在风沙的肆虐间，安稳地感受一花一叶的静好。我抛开华丽的外衣，将世间的况味以及最真挚的情感，安放在一个个活生生的文字间，依着光阴的韵脚，顺着文字的脉络，我触摸人世间的暖。就这样一年年，用一行行文字与灵魂对白,我心安然。

  在岁末年初的那一夜,我将匆匆的光阴搁在心底放慢十倍百倍。我把捡拾到的一年的点点滴滴,悉心收藏,养在心中,装裱下一年的风景。我愿,明早的朝阳升起时,所有纷杂都如满天的星星一一屏退。唯留红尘里的我,用一颗愉悦的心,和爱我的及我爱的人一起,伴着喜怒哀乐,与山水同欢。

2016.1.3

遭遇更年期

人到中年，总像身体某个部位被掏空了，忙碌却常觉空落。大概是上有老下有小的缘故，虽疲惫近乎枯萎却不敢凋零。昔日鲜花似锦绿草如茵的日子，不知不觉凌乱得一地鸡毛。

当我清醒地感觉到鸡毛满地，想不再潦草时，晚了。

腊月的一个早晨，瞬间晕厥，同事和家人把我送进了医院。

初步检查是脑供血不足造成的脑血管痉挛，我好奇地问医生："痉挛,疼便罢了,怎么还会出现晕厥？"女医生笑了笑，轻描淡写地说："血管供血不好，瘪了，打结了，出现短暂的缺血。"脑血管这样了，那心血管呢？我开始心悸自己的心脏了。心脏造影结果出来后，医生跟我说，供血不好，但梗塞21%没问题。我们给你用点药，两周你目前的症状就可以完全缓解，放心吧。

按理说，这个结果完全是该庆贺的，可不知为什么，我出现了让自己都无法理解的心境——吃饭时，只吃一口，脑子里即刻闪出一个念头:活着都没什么意思，吃饭有什么意思呢？第二口饭便无论如何吃不进去了。拉着女儿的手在病房走廊里转一圈又一圈，回来，仍没有兴致吃饭。更可怕的是，接下来的几天，恐惧感就袭来了。我时刻感觉自己处于濒死状态，躺下就会心慌,天旋地转地出虚汗,坐也坐不稳,只能站在通风的窗口。偶尔安静时理智告诉我,我抑郁了,应该是更年期抑郁症。我的判断得到了医生的肯定,她跟我说,既然你能清醒理智地认识到自己的状况,治疗和调理就不成问题。

我更年期了,抑郁了!我努力地搜寻着,自己是怎样一步步走进这泥潭的。

年初在医院护理没有意识的父亲两个月,送走父亲,我记得我跟自己说的最多的一句话就是,父亲脑出血三年生活不能自理,我陪了三年,不遗憾。走了,解脱了,天堂没有病痛。也无数次跟自己说,走在阳光下,做好每一天的事,就是对生命最好的敬意。然而,接下来公公的病重,又一次让我陷进了沼泽。尤其公公小住我家时,整夜痛不欲生的呻吟,揪心又无能为力。那些日子,工作、社会事务、业余创作,帮着大家照顾老人……我努力眺望天空,阳光都在云层里。

医生是西医大夫,出院时,她给我开了治疗抑郁症的进口西药,嘱咐我吃两个月。我一直忌讳西医西药,更不愿意接受这抑制神经的药物。那个小小的粉色药片,我只在公共场合人多控制不了情绪时吃一片。我是在腊月二十五公公离开这个世界后,发现自己不能精力集中的:看书不能超过一页,看电视不能超过五分钟。紧接着,出现各种我意想不到的状态:洗澡不能关卫生间的门,而且洗三五分钟必须停下来,打开浴屏的门,坐在小凳子上换会儿空气再继续,每次洗澡我都要如此停顿四五次;只要看着合上的窗帘,我的心就开始慌闷,站在窗前迎着北方腊月刺骨的寒风,我燥热感就会缓解。然而忽一日,我居然不敢站窗前了,只要站在那儿,就想跳下去融进蓝天里……我被折磨得神情恍惚,我意识到,必须找中医治疗了。

在长达两个月的中药调理过程中,我下载了全民 K 歌和配音秀,我每天晚饭后去全民 K 歌里唱歌,唱屠洪刚和杨洪基的男生歌曲;然后去新城空旷的街道跑步;回来晚上去配音秀选个作品朗诵。记得那一个多月间,我在凛冽的寒风里,奔跑在空无一人的街道上,常不知不觉泪流满面;气血不足,却歇斯底里地唱男生歌曲,脑供血不好,口齿不伶俐仍反复朗诵……药物调理和情绪自控、自救,终于,我过回了正常人的生活。

近几个月,每每在同学孩子婚礼或者升学宴上遇到同龄的姐妹,只要聊天,多半相互询问:喂,姐妹儿,你更了么?再接下来,七嘴八舌各自倾诉更年期的种种症状和不适时,彼此同病相怜的情形,一下子拉近了我们之间的距离。热烈激昂,如同经历同一场战斗,激愤、悲壮抑或自豪。当大家苦笑着散去时,那种怅然会在心间持续好几天。

走过这一程,我想对我的同龄人说一句,姐妹儿,你更了吧?别怕,这条坑坑洼洼的路千千万万的人都要走,走过去,前面就是艳阳高照、风景旖旎的景观大道。

要知道,人生是单程,有来无回。做不到大鹏鸟九万里高空飞翔,就学麻雀天天飞行。每个人,都毫不例外地要经历中年的两不堪境遇。中年,是挑着担子走坡路的人,不管怎样疲乏,都要小心翼翼不能跌倒。人到中年,即便跌跌撞撞也要重整衣衫抹掉泪痕,精神饱满地朝前走。人到中年,即使做不了一座山,也要在亲人的眼里,永远都是那一抹醉人的碧海蓝天。

2017.8.30

致敬,绽放

父亲走后,没有了白天的护理和整夜的陪护,不再整天有急于回家做饭、送饭的奔劳,突然放慢了脚步,人也找不到支撑了。于是,拼命做事填充自己,以至于周六一整天都在电脑前工作。埋在工作里,忘我了一上午。办公室的阴凉与窗外炽热的阳光形成强烈的反差,午后1点30分,我从空空的办公大楼走出去,想晒晒太阳。保安跟我点头打过招呼后,跟在渐走进花坛的我问:"阿姨,您一直加班,吃午饭了么?"独自一上午的失语,被他突然这一问有点语无伦次了:"加班……吃饭…..哦,我没吃。我出来晒太阳,看看花。"保安见我这样,迟疑着没再跟我。

花坛里,殷红的花儿在嫩绿的叶子映衬下,格外艳;一株梨树,开满了一树雪白的花。看着静默地站在花坛中间,没有叶的衬托,素淡着仍兀自绽放的梨花,我的心倏然一动:绽放本身就是生命的美,而这美何须衬托呢。

给父亲圆完坟,我贴心的女儿也返校了。细心的女儿走前一再叮嘱我:"尽快走出来。如果自己没有办法改变心境,就去大自然,自然和自然界的生命会给你不一样的感受。"女儿说得不错,昨天午后,同学秀梅陪我去近郊挖婆婆丁,我俩回来把摘好洗净的婆婆丁放到菜盘子里,第二天早上起来,翠绿的一盘婆婆丁里,居然开出十几朵娇黄的花!能在一夜间没有土壤且只有并不充盈的水分滋养下绽开的蒲公英花儿,不仅让我惊喜于生命的伟大,更感慨于生命偶然的绽放。想想,如果昨天不是秀梅跟我说这婆婆丁花蕾也是药材,吃了对身体有好处,执意不掐掉它,就没有今晨它的绽放。这偶然的生命和短暂的绽放,让我一下子释怀了许多。其实,每个生命都是偶然的,能在偶然中孕育、生长或绽放,其过程就是生命意义的本质。作为生命载体的人,只要在红尘中做好自己该做的事,便是对生命的尊重,也便是生命价值的体现。生命价值这个话题,无须探讨。

正如生命中,有些事有些人,不存在永恒的拥有。父母、子女、亲人的爱,你都不可能是唯一的拥有者;身份、地位、物质财富也同样,某个时段或者某种条件下,是你的,但不是终身都是你的。如此,不完全是你的东西,没了就没了,不是你的,谈什么失去呢?谈不上失去,也就没有必要因为失去懊恼伤感。比如,走进你生命的人,也许是一种形式,或者是某个阶段某种境遇下的需求,时过境迁后,未必是必须。由此,游走在路上的你我他,的确算是彼此的过客。既然是过客,匆匆也好,驻足也罢,终将有过。过去了,就别追,别求。留作记忆或回味,也许远比牵强地驻足有味道。

每个人的一生,都是这个婆娑世界里唯一的一生。既是独一无二,就该庆幸。庆幸上苍赐予的生命,庆幸生命过程中的种种际遇,庆幸际遇下的寂寞或者澎湃带给生命的活力,庆幸沉浸在活力里感受绽放的美。记得朱成玉说:"每一个早晨,我都把自己平静地铺成一张白纸,等着阳光到我的灵魂里泼墨挥毫;每一个夜晚,我都把自己倒得空空,然后往灵魂里添加风……添加一切诗意的东西。"把自己倒空,简单到极致。让我想起那日在新功杜鹃山回来的路上,我看到了两幅画面:迎面开过来两个农用车,前面的农用四轮车是一个头发花白的农民驾驶员,他一只手握着方向盘,另一只手给自己吃脆脆肠;后面的农用车,载着一对父子,父亲黝黑的脸几乎贴着儿子的脸,坐在车头翅膀上的男孩,一只胳膊搂着父亲的脖子,另一只手往自己嘴里送一个大大的棒棒糖。错车的瞬间,我听到了父子俩朗声的笑。幸福,如此简单。整天在羁绊和纷扰下的我们,也常把"幸福很简单,是种感觉"挂在嘴边,可有几个人能真正去践行简单呢?无休止地攀爬,无尽头地攀比。有多少人幸福的感觉是白天开着豪车,晚上大鱼大肉后去健身房甩脂?真正用简洁童心来打理安逸简静日子的人,又有多少呢?

在茫茫宇宙的小小的地球上,我只不过是一粒尘埃。但我知道,作为芸芸众生的小小的我,曾经和那些花儿草儿一样,在这个婆娑世界,有过生命的绽放。在这个萌动盎然的季节里,我向那些不辜负生命只一季绽放的花草致敬同时,也向崇尚自然幽静,简素绽放的自己致敬。

2016.5.10

遥远让记忆清晰

近些时日,经常拿东忘西的。原本两三天发生的事,却总是回忆不出细节来,有时说话也变得词不达意。我老了?不觉心生恐慌来。与同事闲聊,方知与我同龄者大都如此。欣慰没提前进入老年痴呆行列之余,顿生些许遗憾,好好的人,才进不惑之年,怎么就这样了。这还是父辈眼里最是人生好光阴的时节吗?疑惑着、郁闷着,疑惑间变得郁闷了。

郁闷归郁闷,生活还不得不继续。日子就这样一天天地在柴米油盐、孩子老人、工作家务的琐碎中过下去。从太阳升起,到月上柳梢,整天做不完的事像满天繁星,刚眨眼,一天又开始了。新的一天常常在昨夜电视连续剧一样的梦中开始,也不知该认为自己是记忆力好还是差。你说好吧,想到哪个房间取什么东西,总是到了那个房间,转三圈两圈也想不起来找啥。没办法,只得又回到刚才有找东西念头的那个地方重新再想。这招儿虽愚笨,但很有效。你说记忆力不好?可夜晚的梦,不管你紧张的一大早多忙,都能在一上午工作时出现梦中的情境,让你梦里梦外恍恍惚惚的。弄得一天天,左挥右抹也擦不干净现实里的梦。人就这样,在忘却和努力记忆中挣扎着。

挣扎得久了,也就倦了。倦下来的,除了吃喝拉撒睡,什么都不想,也什么都不做。胃里饱了,脑子里空了。空,是人最高的境界。境界高了,人也就升华了。升华的人此时就长了翅膀,但飞翔的不是理想和信念,而是天马行空的惬意。而恰恰就在这天马行空中,记忆找到了落脚点。支撑这记忆的多半是童年的某个玩伴、某个游戏、某个场景。有时竟然能记起读小学时某次数学考试的试题,错了哪道题的哪个步骤。偶尔还能想起某一日同学狼吞虎咽的什么饭菜,还能记起隔壁那位山东大叔吃炒土豆丝时,将没有扒皮的一瓣蒜放在嘴里,吧嗒出一张蒜皮的情景,甚至还能记起邻居大妈说话的语调和口头禅。这些遥远的东西,就像一根根丝线,牵着如风筝远飘的我,让我一次次回头,一次次刷新记忆的记录。我不得不佩服记忆这精灵了。原来记忆和遥远是那么不协调,我们实现所不能及的,却影像般地在眼前晃着。记忆的清晰令人惊讶,更让人鲜活起来。也许,只有这份记忆,才是我们生活的底色,任凭当下的我们用多彩的画笔如何地描摹,任凭我们生活画板的色彩多绚丽,都需要生活的底色来映照。正如我们有可能忘记昨天安排的某件重要的事,而还清晰地记得童年某个小小的承诺一样。今天,我们每天的生活,都是由遥远的昨天铺垫的。

  关于昨天和今天,我绝无厚此薄彼;关于记忆,我也没有怨恨。遥远的一草一木,土地和亲人,温暖陪伴了昨日的我,让我有了勇气和力量继续走在向前的路上。相对遥远的昨天,今天,也将是未来的昨天,是下一次向前的又一个出发点,接下来还有很长的路等待我一步步向前。遥远的记忆,在现实的痛苦和快乐中,鲜活着我们的生命。而明天的我们,又何尝不是用今天的记忆唤醒明天迷茫的日子,让我们走出疑惑,不再郁闷记忆的模糊、心的衰老呢。

2011.6.20

乡土记忆

炊烟牵出的缕缕思念,
缠绕在记忆的笔尖,
任凭岁月怎样撕扯,
却历久弥坚。
乡土的记忆,
是温情的港湾,
更是此生最纯粹的安暖。

中国人的年

　　中西方人过年有不同的概念。西方人是迎贺新年,而中国人是过大年。洋人的年,是新年的那一天。中国的年是从腊月二十三小年起直到正月后二月二龙抬头止的长达一个多月的节。若从"小孩小孩你别馋,过了腊八就是年"的民谚定义中国年,则时间更长。年这个漫长的过程,有等待、有守候也有祭祀。年于国人,是一场全民族的盛大节日。

　　中国人的年,从一开始就充满了喜庆的气氛。记得小时候在乡下过年,一进腊月,家家就开始杀年猪了。一户杀猪,几乎全屯子人都去吃杀猪菜,大锅烀肉炖酸菜、大盆蒸血、灌血肠,肉香、酒香和着旱烟的味道在屋里弥漫着,很快,涨红脸的男人开始大嗓门说酒话了,满头汗水的女人和天真无邪的孩子们,更是屋里屋外地忙前跑后喜笑颜开。第二天,大家七手八脚地把被分割的前槽、后□、排骨、头蹄下水淋上水,埋进院子的雪堆里,肥年的餐桌漫溢出缕缕的肉香,温婉着大年的每一天。杀完了年猪,陆续开始忙年了。男人扫房子、粉刷墙、糊棚,女人则扯来布料没白没黑地裁制孩子大人新衣。做好的新衣,都叠得板板整整地放在柜子里,单等除夕早上孩子大人换。闲下来的女人或杀鸡宰鹅或蒸一锅锅黏豆包、白面馒头,能在腊月二十三祭灶的日子,让孩子们吃上一顿饺子,哪怕是一块麻糖,年味就开始掺拌在欢乐的日子里了。

从购年货、写春联福字到除夕包饺子守岁,亲朋好友相互走访拜年,再到正月十五的闹花灯、二月二的舞龙,在几亿人轰轰烈烈的参与下,一天天欢天喜地地过起来。有声有色的年味,在高高高挂起的火红的灯笼上,在喜庆的对联上,在猪圈上"肥猪满圈"的喜帖上,在屋里山墙"抬头见喜"的条幅上,在秧歌队员腰间舞动的彩绸上,在噼里啪啦炸响的鞭炮声中,在祖孙几代围坐的笑声中开场了。

中国的年是红的。红在炊烟与雪地映衬着的红灯笼、红对联、红福字上。中国的年是热闹的。你看,超市、商场、集市攒动的人头;机场、火车站、汽车客运站携着大包小裹的人群;酒店、饭店和家家户户至爱亲朋的执手叙旧……中国的年是暖的。不管多忙,不论多远,都无法阻挡回家过年的亲情召唤。即便是在外打工没赚到钱的儿女,包裹里也少不了给孩子老人带回来大年礼物。包裹里或是孩子的新衣新袜、书包玩具、特色吃食,买给父母的一双防滑鞋、一包当地香烟、一件棉背心、一袋小食品……那大大小小的礼物有捡拾工地周围废品换成毛票攒的,也有他省下几顿早餐钱买的。年,于那些在外的游子便是一年的归宿。丰收也好,欠收也罢,带给家和年的该是全家老小期盼一年的大团圆。

回家过年,不仅顺应了从尧舜兴起的长达四千多年的过年传统,也从另外一个角度体现了人性的自尊和情感需求。在单位、在公司,不管你的官称是什么,回到家里,你的称谓便是父亲、母亲,是女儿、儿子,再或是爷爷奶奶,这个不可替代不可或缺的身份,使得血缘与情感融合的家,有了更符合人性的内在结构。家,不单单是一个有血缘的组合,更是一个安身立命、寄托灵魂归宿的神圣之地,也正是这个神圣之地的家,让年这个传统文化,在我们的血肉中根深蒂固。

过大年,是剪不断理还乱的归乡情怀。只要父母健在,不管你年龄有多大,带着你的孙儿也要回你父母家过年。曾经艰苦的年月,年是一顿美食;如今好日子里的年,回家过年更多的是陪老人叙叙旧,给渐老的岁月添一份年轻的记忆。中国人的年,通过春节的集体仪式,年复一年得到了巩固。被称为世界上最大人口迁移的春运,就是家庭伦理观的力量。而这种力量,又让全中国人尽享着无可比拟的天伦之乐。

中国年,是欢庆五谷丰登、生活美满的节日,是寄托风调雨顺、国泰民安美好愿景的节日,是民族众多的国家把长期繁衍中形成的文化元素集中在一起的节日。民族精神、忠孝节义应有尽有。中国年,中国人永远的节日!

2013.2.23

乡村记忆

我出生的畜牧场,距离县城大概30公里,虽不远,却因进城没有长途客车,坐火车也要到十里地外的火车站乘车而显得格外偏僻。闭塞的畜牧场,是名震全省的东北细毛羊基地。引进高贵品种细毛羊的场子里人,即使没有十里八村的农人那样享有自留地,吃菜都要到菜园子花钱买,却也因满十八周岁能招工有农工身份,总比农民身份的人骄傲几分。那时,前后屯谁家闺女要是嫁到畜牧场,当爹妈的荣耀感不亚于当下女儿嫁个官二代或富二代。

在这城不城、村不村的畜牧场出生的我,在那里生活了10年。直到父亲落实政策返城,乡村熟悉的一切影像才在眼前戛然而止。或许,是我童年过多的深深浅浅的足迹还在那片土地上,人到中年后,我常常在梦里回到那片土地。记忆,也在一次次梦醒后复苏。

一、野 菜

春草刚露头儿,学名叫蒲公英的婆婆丁就已经成簇地铺在黑黝黝的地面上了。挖出一撮,身前身后总还有一两撮在那儿等着你,用不了多大会儿,你的篮子就会被这些婆婆丁填满。等到地里的玉米苗刚长出两三个叶子,开了花的婆婆丁就被冷落了,铲头遍地的人们,开始挖苣荬菜吃了。勤快的妇人,还可以在歇气儿的功夫,在田间地头的草地里挖点野韭菜、小根蒜。太阳下山前,扛着锄头、拎着菜筐的人,三五成群,张家长李家短地说笑着进了各自的家门。直到现在我也想不明白,累了一天的他们,怎么会没有一点儿疲乏?

放学回来的孩子们,不上各种补习班,没电视看,更没网可泡。扔下书包,姐弟们争着抢着帮大人抱柴火、烧火、摘野菜。大人在锅台前不管怎么忙,嘴里都不忘大声告诉摘菜的孩子,摘完冲洗一遍就泡上,别没完没了地洗。大人是怕洗遍数多了,嫩菜会被揉搓碎了,也怕水渍了不好吃。确实,那时没有化肥,没有农药,那些天然的野菜没有任何污染。鲜嫩的菜叶上,有的只是风痕,雨渍和阳光的温度。

如今的菜,要么是生长在蔬菜大棚里,嚼一口满嘴水淋淋的没菜味;要么就是被农药和化肥惠泽的洗了又洗泡了又泡,仍满嘴农药味,用水冲一下就可以放在嘴里生吃的野菜,再也没有了。

二、野 草

我记忆乡村的草多是飞机播种的草。是草,即便是人工种植,长在野地里,就该叫野草,就有草的性情。野火烧不尽,春风吹又生。春日的草一夜间约好了似的,齐刷刷探出头,将一大片一大片黝黑的土地涂抹成淡淡的掺着鹅黄色的绿。远远望去,隐隐的,朦朦胧胧的绿,总惹人多眨几次眼,定睛再定睛去看,心儿,就在这浅淡的颜色中泛起了清澈的光芒,脚步不知不觉地靠近那片毛茸茸的草。

夏日的草原,总有野花做标点。有野草的地方,就有野花。草,一色的绿,花,五颜六色。草的根好像不太稳,风只轻轻一吹,草就在风中摇摆;而花的根和茎叶比纤细的草看上去宁静些，只茎上的花朵跟着风摇头。雨后，我曾在齐腰高的草地里采蘑菇。蹲在草地里，草没过我的头。我头上的草，被我的羊角辫撩拨得左躲右闪的。在草丛中找蘑菇，眼睛触到的是湿乎乎的土和一棵棵草。密密麻麻的草，青翠的，逗引我用手从根往上摸，滴着水珠的草顺滑的很。虽在我的小手里，一株草不足一握，但攥着她，我就有总莫名其妙的感动：她们那么细小，风却从没能吹倒她。她们那么紧密地簇拥着，似乎就为给她们脚下生长的野花、蘑菇抑或是蚂蚱、蝶儿以庇护。一棵棵、一丛丛、一片片的野草，从春到秋，短短的生命里，在虫儿的歌声中，她们是否有过倾心的交谈？秋霜到来的那个夜晚，她们手挽着手，竭力站稳的短暂一刻，到底有多悲壮，只有她们自己知道。

野草，东北细毛羊的餐菜；草地，我儿时夏日的乐园。

三、乳 名

乳名也叫小名。在乡下，就算是上学了，乡人、长辈、甚至熟悉的同学仍都喊你乳名的。许是从小就被爷爷奶奶、父母亲人叫着乳名长大的缘故，对乳名特别有感情，每有人唤起，心中由生亲切感。

我从小很是怕雷电。只要遇到雷雨天，我总是躲到屋角，抱着头捂着耳朵不敢睁眼睛。小时候的暑假，我们这些孩子经常替家里的大人放牧场子里的羊群，我喜欢放羊时采蘑菇、采野花、捡鸟蛋，喜欢放羊时蹲在草丛中与草儿花儿说话。然而即使一两个月的暑假，我也很少有机会去放羊，因为我怕夏日突然的雨。

那日，天晴得万里无云，妈妈一大早就从羊场领出来一群分给她放的羊。路过家门口,妈喊着我的乳名,问我去不去跟着放羊。我扒拉下碗里剩下的一口小米饭,连口水都没来得及喝,就背上装着小人书的帆布小书包往出跑,在门口我抓了根黄瓜,奔出大门。到草场,羊儿乖乖地吃草,肥美的草吸引着每一只羊。我们也不用担心羊群走散,每群羊的头羊都是称职的领导者。快到中午了,有去鸿雁湖捞鱼的人从我们羊群边走过,妈妈就和他们去捞鱼了。记得妈妈临走时好像和我说句什么,我没听清,草地里总有蝈蝈不停地叫。

  天有点热,风轻轻地,我踮着脚看着其他羊群的主人,大概是他们都在草丛中或者是哪棵树下乘凉吧,反正我只看到羊群没见到放羊的人。我靠在一棵树下看小人书,记不得小人书的名字了,只记得不觉中风大了起来,我抬头时,无云的天空不知道什么时候挤满了黑云。要下雨了!没有塑料布、雨衣和雨伞,我慌了。更让我惶恐的是落雨夹杂着雷声。我抱着头蜷在那儿,可我想起来老师说打雷不能在树下,我抱着头,不知东南西北狂跑。跑丢了书包,跑丢了牧羊鞭。哪儿都有雨都有雷声,我的耳朵里塞满了刷刷的雨声、隆隆的雷声。有人喊我的乳名!比雨声大的喊叫声不断传来,我被和我同样奔跑在雨中的我的家人和乡邻找到了。

  穿透雨声,越过雷声,我的乳名响在耳边。那一天,那一刻的雨中,那片土地上草尖上挂着我的乳名,树梢上落着我的乳名,雨丝中连着我的乳名,雨雾中到处是我的乳名……

  离开那片有人情味的土地三十年多来,再没有那些人那样亲切地唤我的乳名。我长大了,乳名也一天天远离了我。尤其工作后,即便有人不称我职位或者刻意去掉姓只叫我的名字,也总找不到叫我乳名的那份温暖。

  我的乳名,只在我亲人的呼唤中,在那片有尘世香味的乡村的土地上。

2013.5.1

秋收片段,繁华一场

　　秋风刚轻柔地拂过田野,尚未来得及涂抹缤纷绚丽的色彩,一场我意想不到的繁华就在那片浩荡的谷地里诗意登场了。

　　今年遭遇了几十年一遇的大旱,人们对丰收已不抱希望。失去收获憧憬的人们,觉得这个秋来得唐突且不知趣。秋的典藏里,如果少了果实,会让一季一年的空落,疯长成寂寥薄凉。令人惊喜的是,种植业调整的谷子推广,饱满了今秋的收成。"十一"长假第一天,我和几百人终于走进了"醉美龙江"旅游微信平台逗引的"秋收起意——龙江首届小米节"。

　　刚下大巴车,我就被眼前的这片一望无际的谷地震撼了。几个平时斯斯文文的文友,也大呼小叫地脚下生风,扑向那片谷浪翻滚的海洋里,霎时就被淹没了。大家摆出各种姿势轮流拍照,笑意荡漾在每个人的脸上,灿灿的,如春风拂面。大家被喜悦相互感染着,自拍、抓拍、合拍,每个人的镜头里都塞满了盈盈的笑脸和沉甸甸的谷穗。要不是我提醒,大家几乎都忘了静默在地头的拴着红绸子的石碾。不知道被多少个人推碾过,碾子上的谷穗瘪瘪的,连上面的小米粒也都有些粉了,以至于我们不忍实实在在再去推那碾子,大家分别做了个姿势拍照。那份关于收获和美好的怀旧的记忆,就定格在相机里了。

　　小米节开幕式结束后,文艺演出正式开始,与此同时,一场声势浩大的系列活动在不同场地上也拉开了帷幕。我们挤在参加活动的人群里，刚站住脚给一组割谷子比赛的队员加油助威，那边肩担扁担的挑谷子比赛又开始了；这边家庭亲子拾谷穗比赛欢呼声不绝于耳，那边种谷子比赛场地笑声一浪高过一浪……手里的手机一直处于拍照状态，眼睛也处于应接不暇的窘境了。此时，融进这轰轰烈烈的气氛中，我恍然回到了童年彼地的秋天里。黄灿灿沉甸甸的稻谷，在风中猎猎翩然着，摇响起我熟悉的秋特有的美妙音符，那一刻，关于秋的记忆被激活了。燃起的秋绪也诗意斑斓起来，久违的激情霎时被唤醒，一项内向不喜欢凑热闹的我，拉着几个文友，主动找旅游服务中心的何主任要求参加比赛了。

　　与比我年龄小十来岁的年轻领导和嘉宾一同站在起跑线上，尽管耳边响起同伴的加油呐喊声，但个子矮小的我挑着沉甸甸的扁担，双手死死抓住扁担两头那两捆谷子，心里慌慌的。然而，当我踉跄着跑到终点，被工作人员确定为第二名时，我知道，坚持徒步的我，战胜了年岁大身材矮小的劣势。我们这组的表演赛没有奖品，但我得到了最大的奖赏——见证这场繁华，我收获了喜悦和欢笑。

　　在这此起彼伏的秋声中，在弥漫秋香的时光里，我享受到了这方秋光带给我的明媚。捡起了自然淳朴的真，拾到了散落一地的暖，拢起了深藏一世的情。这个秋日在我心里，悄然长出一个春天。

2016.10.11

端午情思

  我对端午节的期待,源于奶奶的五彩线和弥散着悠悠香气的香荷包。在那物质十分匮乏的年代里,即便不是丝光的五彩线,每当五月初五早上太阳没出来前,系到手腕、脚脖上的五彩粗棉线也让黯然心情跃然斑斓起来;奶奶手特别巧,她缝制的香荷包别具一格。每年端午节前缝制香荷包,已经成了奶奶一项特别庄严的任务。香荷包里的香草是奶奶亲自种植的,香荷包的形状也会年年有翻新:什么元宝形啊、如意形啊、葫芦形、小鸡小鸟形和蝴蝶形的都有。挂在我胸前的香荷包,总能招来玩伴们羡慕的摩挲。那一刻的香荷包,不再是老人传统习俗中辟邪免灾、驱蚊杀菌的香袋,而是佩戴在我胸前的艺术品。传统也好,习俗也罢,那弥久的味道、那散发着温度的手工品,陪着我们走过一个个难忘的春夏秋冬。季节不寂寞,人也不寂寥。

  十几年前,我的孩子到了我昔日戴五彩线的年龄,我在街市上买到丝光的还串着小铃铛的五彩线,买回款式新颖别致的香荷包和纸质或塑料材质的现代工艺制作的彩葫芦,欢天喜地地过端午节时,我心里顿生遗憾:为什么当初不跟奶奶学学怎么做香荷包呢?奶奶的技艺没能传承,祖辈的传统文化是不是也被现代意识淹没了?或许和现代人多过洋节而渐遗忘中华传统节日一样,有一天,我们真的该到历史书籍里去捡拾传统文化了。

小时候,每到五月初五的一大早,还没等我们醒来,枕边就已经有妈妈从野地里采回来的艾蒿了。艾蒿特有的清香味夹杂着泥土的芳香刺得我们鼻子痒痒的,醒来的我们也都懒在被窝里,贪婪地享受着香味带给我们的舒爽。直到妈妈端来一大盆泡着艾叶的水进来,冲我们喊:"快起来洗脸洗手,一会太阳出来了——"我们姐弟才不得不爬出被窝。弟弟一边穿衣服一边嘟囔:"咋地,过个节洗把脸和还太阳争啊。"妈妈就会唠叨说:"太阳出来后艾叶上的露珠就没了,没了露珠的艾叶怎么能辟邪驱虫呢。"没等妈妈唠叨完,我们姐弟四人已经同时把手伸进水盆里抓艾叶搓手、搓脸了。常常是我们刚擦干脸上的水珠,奶奶就会走进来,给我和姐姐系上五彩线、戴上香荷包。只挂了香荷包没得到五彩线的大弟弟,总会笑嘻嘻地抓着我和姐姐的手腕,用手指一遍遍搓五彩线,那稀罕劲儿,几次让我动心把彩线摘下来给他戴上。大概是因为生活不富裕,或者是生活习惯的缘故吧,我小时候过端午节,早餐基本上是每人吃个煮鸡蛋或者煮面条里卧个鸡蛋,至于粽子以及关于屈原的传说,都是长大以后才知道的。

上中学时,每到端午节,在班级当生活委员的我就提前一天和同学们约好,端午节早上天还没亮就一起去郊外采艾蒿了。当朝霞尚未涂抹东方的时候,我们一群人就会在男同学的带领下,骑着自行车唱唱咧咧往回赶了。回到家,拿出车筐里的艾蒿和带着嫩芽的柳枝,挂在了门口,把一份美妙和惬意也悬在了门上。即便是遇雨的端午节,心也是清朗舒爽的。如今人过中年,那些和我一起采艾蒿的同学早已各奔他乡,各谋生路了。嬉笑着奔赴一场盛会一样采艾蒿的心境连同奶奶做香荷包的那份细致与慈爱，都被岁月冲得淡远了。

现在我女儿已经20岁了，我没和她在端午节的早上去采过一次艾蒿，不是我怕太阳出来前天暗野外人杂，也不是我怕野地里的露珠濡湿了鞋裤，是商品经济时代的便捷让我失去了那份采撷的兴致。这些年，只要端午节的早上，叫卖艾蒿的声音总能把你从梦中唤醒。早早地有从早市上买回来倒卖或是自己提早开车去郊外采摘艾蒿回来的人，把捆成小捆的艾蒿和五彩斑斓的葫芦挂在那里，等你去买。旁边还没凉透的粽子，鼓囊囊地泡在水桶里，等着你随便挑。大概是人年岁大了，每到传统的节日，总还怀想昔日那朴素又庄重的过节形式。以至于二月二那天晚上，我居然梦到了胸前系着小扫帚的龙形挂饰，还有被视为驱邪避惊的长得古怪形状的猪脑子里面叫做"脑惊"的一块骨头，在我眼前晃来晃去。这些民族传统习俗的符号，能在我的梦里出现，何尝不会在更多的华人梦中再现呢？

随着年龄的增长，农历的五月初五已经不再是一个吃粽子采艾蒿挂香袋和葫芦的节日。于我，是对一位伟大诗人的崇敬。那个在我心里近乎是神的屈原，"九死不悔"的勇气和博大的胸怀，以及他的刚直、圣洁和坚贞，都让我在端午节的那天，穿过时空隧道，在悠远的时光中与散着长发的、"举世皆浊我独清，众人皆醉我独醒"的诗人相遇。胸怀天下的诗人，落魄了？失魂了吗？他的"路漫漫兮吾将上下而求索"的精魂留在了世间，难道不豪迈了他的灵魂?! 端午节，在中国人的字典里有了民族精神的味道，它的久远弥香，远胜于粽子的糯香和艾香。

2014.3.13

秋游济沁河

　　许是怕花衰容败，许是恐草老相丑，我总是舍不得夏日的离去，不愿意接受秋天的到来。然而，深沉的秋常常在不经意间恍然而至。今秋，是在文联采风活动中走进我视野的。

　　那日去济沁河的大巴上，五十位男男女女的文友、影友兴致勃勃地天南地北聊着，熟悉的陌生的声音夹杂在一起，伴着笑声，一路不疲倦。坐在副驾驶的我不敢打扰专注的司机，除了回头与身后的柳兮聊几句外，我几乎一路宁神眺望窗外。天，因云淡显得高远，澄澈空明中格外疏淡清灵；一排排的杨树间也有了一抹抹淡黄，偶有落叶翩然飘下；远近的农家房屋的红瓦藏在树丛中，鲜亮、古朴、静谧；青绿的玉米大片大片矗在路旁，间或撞入视线的稻田已经染上了淡黄……大概是秋色不浓，秋意少韵，素净的秋显得特别素静，以至于对车厢里的人没有了吸引力。幸亏，幸亏路上遇到了一大片万寿菊园，热烈奔放的秋才被点燃，争相下车抢拍照片的人们，才把秋收进了相机，装进了心里。

　　此行，我是第二次去会兴村的狐仙洞。和六年前相比，山坡上多了一片果林，山顶山多了一对白狐的塑像，洞口多了护栏和锁链。山还是那座山，坡还是那个坡，花儿却不是昨日的花了。那些知名不知名的花儿，点缀在草丛间，不知道是这个山坡水土保湿好，还是这对狐仙的灵气濡染了这片土地，秋已至花却艳。抬眼间三三两两的文友已散在坡上采野花了，不一会，被编成花环的姹紫嫣红的花儿，就绽放在了几位女文友的头顶上。我也被她们强行戴在头顶一朵盛开的野百合，风中，那朵薄薄的如蝉翼的黄花在我帽檐上颤巍巍抖着，撩得我的心清凉明澈，人也跟着惬意起来，似乎在这深沉淡泊的秋色里，人也变得纯净清新潇洒了。

正午时分，我们在博物馆邹馆长的带领下，走进了小城子。关于金长城，关于小城子古城的昨天，作为龙江人我们已经很熟悉了。现在的小城子既是文物保护单位又保留着居民居住生活基本的条件，文物与人就这样和谐地相融着。今天，我们寻到的城墙垛口和口望台只残存成城墙上的不足一米高的口子，但它的古旧与沧桑仍在向我们昭示着这里昔日的宏伟气势。它和静默在土城墙上的一百多年树龄的老榆树，见证着小城的发展。如今，这里一百余户人家，几乎家家都有农用机械。我们落脚吃午饭的郑氏人家，室内设计跟楼房一样，厅、卧分开，现代化的厨房里先进的厨具一应俱全，卫生间里的抽水马桶比我家的都先进，昔日金戈铁马的兵家必争之地，如今一派祥和繁荣。我想，有幸世代居住在古城里的人们，一定很是荣耀吧，为昨日的军事要地，为今日的和平富庶。

与那年金秋时节我去兴玉果园采访时一样，这次我们团队抵达兴玉果园，也在午后。我们的大巴车刚开进通往果园的路，只见到路两旁的杏树墙，就有人惊呼：果园到了，果园到了。我顺着声音回头看，居然有好几个人站起来，迫不及待地趴着车窗翘望了。车行缓慢，但很快站在车厢里的人就看到梨园了。梨，我看到枝头的梨了。惊奇的叫喊立刻唤起了更多人的起身,几乎一车人都站起来向外张望着。颠簸的土路上,人们兴致勃勃。久居钢筋水泥框子里满心疲惫的我,也被大家唤起了激情,不顾车子的摇晃站起来循着大家手指的方向看,果然,枝头缀着的一嘟噜一嘟噜的梨撞进了我的视线。

  10分钟前我电话联系了陈兴玉,我们的车进梨园时,他已经和他爱人等在房门前了。寒暄过后,他向陆续下车的文友们大致讲了讲近几年他梨园以及他的兴玉果业合作社发展状况,还没等他讲完怎样摘梨的要领,几位心急的文友已经领到食品袋连每斤多少钱都没来得及问,就奔果园采摘了。六年前我来采访时,果园前的两间小房是临时搭建的,现在已经盖起了一栋十几间大房子,更为显眼的是门前停靠的主人的私家车。10年的发展,已经让兴玉果业成为齐齐哈尔地区响当当的品牌。不仅开发荒山荒坡富了兴玉,也带动了合作社的社员们走上了致富道路。

  以往旅游回来的路上,整个车厢基本悄无声息,除了偶有鼾声外,一路听不到一点儿声音。而此次却截然不同。车从梨园出来遇到水毁路面,车上的50人下车步行了一段,大巴才小心通过。大概是穿行在乡间路,飒爽的秋风吹出了大家的惬意,或者是车上每个人采摘的不同品种的梨香芬芳着大家的心情,再上车,就有人提议表演节目活跃气氛,很快得到了响应。从诗词协会的孙老师唱老歌开始,到作家协会海峡的评剧唱段,陆续有民歌、拉场戏、二人转、诗朗诵节目接连不断,直到车进县城。

  火红的夕阳下,毫无倦意的一车人,带着果香,带着草香,带着田野特有的清新的味道重又走回繁华。

秋游济沁河,我们走进了成熟。秋露洗刷了我们的身心,秋野开阔了我们的胸怀,秋色灿烂了我们的诗情。走进秋,我们成了秋的一分子,把庄稼站成树或立成峰;把泥土的芬芳融进水或化做风;把一地的收获排进诗行,让这个秋变得更加丰盈。人已醉,秋正浓!

2013.9.17

松林这片独好

听说鲁河乡是块神奇的风水宝地,每到夏季,只要有云就会下雨,雨不过山。这神话般的传说,在前些日子造访鲁河乡得到了验证。鲁河乡距县城 20 公里,上午 9 点出发时,烈日烘烤得我们不得不撑着遮阳伞上车,车行十几分钟后,渐觉天阴,车至鲁河乡境内,雨便下了起来。在我们参观的半天时间里,果然是有云就下雨的。

地处半山区的鲁河乡,山地绵延,大大小小的山头有 200 多座,山虽不高,早年却因植被少,雨水形成山洪。多年恶性循环,植被越来越少,山洪越来越猛,村民饱受山洪之苦。盛夏雨季,山水如猛兽咆哮着泻下山坡,穿过庄稼地,直奔村庄。水过山石泥沙俱下,水过庄稼一片片倒下,水过的山体遍体鳞伤,裸石狰狞。眼看着乡里南部平原地带靠雅鲁河水自流灌溉稻田的稻农,腰包一天天鼓起,新房座座矗起;眼看着总投资 1800 万元的金实米业有限公司让本乡的稻农无公害大米每市斤在上海卖到 30 元;眼看着投资 1000 万元的如意淀粉厂的 2000 个基地农户年销售收入达到了 3600 万元。同在一片蓝天下的半山区农户虽不心甘,但只能望山兴叹。如何保护好山区的生态环境,进而把荒山变成绿坡,让绿坡长上摇钱树,便成为乡党委政府一班人的头等大事。

据说龙江县的济沁河乡有果树种植基地,尝试着引进果树种植的想法有过,但多方论证,觉得不是最佳方案。一是果树生长期长见效慢,二是冬季落叶期长,防风固沙的效果不理想。经多次多方考证,发现种植红松这个经济兼用材树种为最佳首选。资料和辽宁及黑龙江种植户的樟子松嫁接红松的成功经验表明,所有经济林树种中,红松坚果持效期最长、见效最快、效益最高。红松100年内不需要更新采伐,它不仅可以起到固土保水和防风固沙作用,还可以在近、长期果实收效的同时,为未来的子孙留下价值不菲的丰厚的木材资源。乡里的吴书记在介绍完该乡的有机大米和优质土豆及深加工产品后,特别向我们介绍了他们的红松经济林。至今,仍清晰地记得吴书记谈及红松林的满脸兴奋和满心的欣慰——大家知道吗?红松林的优异材质,市场价值很高。它种子的食用、医疗、保健和工业价值,也都超过榛子、杏等坚果树种的几倍呢。大家都听说松花粉是昂贵的保健品吧?其实,红松浑身是宝:松脂、针叶、松根也都具有极高的经济价值。当时吴书记还怕我们不懂什么叫松脂,通俗地改用松树油讲给我们听。更让我们惊喜的是,他们居然借鉴棚室立体栽培的经验,引导这些当初敢于尝试承包荒山的新型农民,在红松林地搞起了立体种植。树下种中草药,草药间栽培菌种种蘑菇。

坐在乡政府办公室里,我们听到了红松这个"铁杆庄稼"的拔节声。驱车上山,走进那片葱茏的林地,我们看到了一片希望的林海。站在这连空气都带着香味的山上,我们无论如何也不能把这片绿海,与裸露狰狞的石头和十米、百米宽的山洪过水沟联系在一起。我们穿梭在一棵棵挂着松塔的红松林间,贪婪地在松树香伴着草香的芳草园里,如蝶般,这棵扑向那棵。每每有人发现哪棵树上有较大的松塔,惊叫声很快就吸引过来同伴。轮流拍完与这株英雄的树合影后,又不约而同地从各个角度,拍松塔的一幅幅特写。在农村长大的几个文友,还争着辨识树下的中草药,至于草药间的蘑菇,我们只是蹲下来赏花样的看了又看,不忍采摘。

走出那片葱郁的土地,走出那片葱茏的树林,我在想:其实,不是那片云彩眷顾那座山而降甘雨,分明是山顶那片蔚蓝的天喜欢呼吸山上松树散发的清醇的气息;不仅是立体栽培的科技成果给村民带来了经济效益,还有鲁河乡党委政府领导的高瞻远瞩让规模化发展为荒山变废为宝提供了契机和一笔无形的财富:保护生态环境、靠科技致富,造福一片山、几代人!

行得春风下秋雨!松林这片独好!

2011.8.3

踏 秋

今年一夏无雨,秋刚至,雨便跟着来了。忘了下雨的夏,就那么固执地往前走,直到走进秋的境地,才想起被它遗忘的雨,许是为了补偿吧,雨绵延再绵延着,时而滂沱的雨恍惚了季节,却冲凉了秋。

没有秋阳的秋,泡在了雨里,心也跟着湿漉漉的。我很不喜欢今年的秋,可我又不想错过这一季。在一个阴天的下午,我没带伞没带包,连手机都没带,一个人去郊外踏秋。

沿着302国道前行,身后疾驶过的车带着一股股强劲的风,一次次催促我,不得不向公路下的树林走去。刚走进树林,细细的雨丝就洒落下来。雨丝不一会就淋湿了我的头发,我用手只轻轻一抹,那头发就熨贴地粘在了一起。头发的顺从妥帖了我,心生一丝快慰。抬起头,用整张脸去接雨。很快雨丝就变成水滴从脸颊滚落。透过树叶的间隙去看天,灰色的云低低的,再举目远眺,天地相连的雾霭氤氲着。不知不觉,我在这朦胧中没了思想,连碎碎的念头都被雾化了。似乎天涯抑或东西南北无处可寻,又都在咫尺。踩在湿漉漉的草地上,没被秋风吹黄的草在我脚下和前方脆生生地等着我,仿佛踏青的时节。唯有烟雨中偶尔飘落的一两片秋叶,荒芜了我秋凉的心。

被细密雨丝点缀的眼镜片,模糊了我的心情。顺手摘下来,撩了撩衣角去擦,却被打湿的衣衫弄得更加模糊。索性把

450度的近视镜挂在胸前的纽扣上,裸视这个朦胧的世界。令我意想不到的是,刚刚的混沌瞬间变得异常的清晰。在云烟雾绕的树林里,我惊喜地发现三五个采蘑菇的妇女散落在我前面,灰蒙蒙的视线里,她们艳丽的雨衣格外鲜亮。带着这份明朗,我走近了采蘑菇的人群。

半年多来沉郁的情绪堆积得太深太重,隔世般的我与这个多彩的世界流离得太久。那一刻,我走近她们的脚步有些急切。当我猫着腰遇见那一圈黄蘑,兴奋得犹如见到久违的姐妹。我蹲下来,双手同时伸向两朵大小差不多的蘑菇,以最快的速度采摘下来,握在手里又贪婪地去采另外一个,直到手里攥不下了才回过神来——这蘑菇我放哪?我双手捧着蘑菇,讨好地冲着身边穿红色雨披的采蘑菇大姐说:"您要么?我采的,那,就那儿,有一大片这样的蘑菇。"她笑着说:"放我筐里吧,你不要蘑菇还采什么蘑菇呢?"是啊,我是来这寂静里寻找光阴的,怎么就被这蘑菇诱惑了呢。

我有些尴尬,正不知道该怎样和她解释,刚拿了蘑菇的手开始发痒,我自嘲着边伸出手给她看边说:"我蘑菇过敏。"她笑了笑,笑得有些牵强。"听说过有毒的蘑菇,没毒的蘑菇过什么敏呢?"我急忙补充了一句:"你不信么?我挖了40年婆婆丁,今年春天去挖,就过敏了。"她居然笑出了声。

她的嘲笑也引来了周围不远处几个妇女的笑,她们边笑边说:"婆婆丁本就是解毒的,还有毒让人过敏不成?""现在人都咋地了,咋啥都过敏。"这位红衣大姐大概看出了我一脸的无辜,跟不远处的几个妇女说:"可能吧,现在农药化肥养的地,有毒。""可不是么,现在有人种地的地方,就没有没毒的了。""还说啥粮食啊,哪样菜不打药不长虫子啊,现在吃农药的菜都把人吃出抗药性了。""现在的地都跟喂惯了鱼的猫似的,馋着呢,不上化肥也不打粮食啊。""俺家可是年年都种不上化肥的稻子,留着自己吃呢。"她们几个跟没我这个人似的,唠出了兴致。

还是那位红衣大姐看出了我的尴尬,站起来指着我身后的妇女说:"她家自己开了块地,年年种不上化肥的稻子,大妹子,你要想吃好大米,找她买。""呦,人情让你交了?"话音没落,那位说种稻子妇女的手就拍在了我的肩膀上:"没问题,要是你真想吃好米,给我打电话,别看产量低,我按市场价卖给你。"一直没插上话的我赶紧接茬:"好啊,好啊,同事谁有想买的,我也让他们找你。""那你记下我电话吧,到时候你就说咱是在树林里认识的,我就知道你是谁了。"她没等我接话,就一口气念了自己的电话号码,我再次尴尬:"真不好意思,我没带手机。"她用有些异样的眼光看着我,有些扫兴地说:"那你告诉我你手机号吧,我打给你,一会你回家就能看到我的号码了。"我没迟疑地把我的电话号码告诉她,她边重复边掏出手机飞快地记下来。那位穿红色衣服的取笑她:"瞧瞧,来采蘑菇还能捎带卖大米。"种稻子的妇女委屈着:"我的米好又不是卖不出去,是我跟这姐妹在这里遇到有缘,我才让她买的。是不,姐妹儿?"我在她的笑声中连连应和:有缘,是,有缘。

的确,生命里总有不经意的遇见,也总有一些和秋天一起离开的人和事。有的遇见可以重逢,有的则随秋风走远。不是吗,童年里童话般的秋,不就是在扯断了一季又一季的炊烟中走远了么。都说秋天是个离别而孤独的季节,我想,那是因为我们都曾走过心里的漂泊吧。而愿与秋天携手同行的人，注定是一个热爱生命的人。只有不悲秋的人，才会把秋天的飘落当成是春再生的序曲，才会把和季节与岁月有关的故事融成简洁清浅的文字，才会笃定这份心绪一定有个命里注定的人，能读出下一个春暖花开。

今秋，尚未遇见斑斓的绚丽秋景，我只在多雨的秋日里，遇见了怀恋夏日的摇曳浅草，遇见了一群裸视中给我清爽的热爱生活的女人们。在这片树林里，秋雨淅沥缠绵得恼人，而我的心里已然升腾起一片湛蓝的晴空。

我所遇见的秋天，还好。

2016.9.9

喜见龙江杜鹃红

又是一年春草绿,依然百里杜鹃红。在这个万众期盼春暖花开的日子里,那个学名叫作映山红的龙江杜鹃盛开了。前几天,气温一直很低,昨夜一场雷雨,龙江大地的杜鹃仿佛接到花神的命令,竟然齐刷刷地在山坡绽放起来。

为扎实推进龙江县委、县政府倡导的旅游开发工程,打造龙江特色旅游品牌,龙江县旅游局开通了"5·11我要游"旅游专线,并举行启动仪式。那天一大早,天空瓦蓝瓦蓝的,间或点缀的几朵云儿,就挂在头顶,探着头瞧着龙江火车站广场"赏杜鹃花开·品辽金文化"一日游启动仪式隆重开场。四台载着龙江县文联各协会会员及来自齐齐哈尔、富拉尔基和大美龙江户外俱乐部驴友三百余人的旅游专线客车,在前导车和县内自驾游车队的引领下,缓缓驶出县城,浩浩荡荡地向着杜鹃花盛开的龙兴镇新功村进发。

我们文联各协会的会员,从久居的灰色城市走出来,心情一下子豁然开朗。春风,于不经间将一个崭新的春天挂在了每个人的脸颊和眉梢。路边,那些春日里嫩黄的迎春,紫色的丁香,粉红的桃红,竞相地兀自开着。新长出的树叶,色彩明丽地映衬着,眼里的世界缤纷得热热闹闹的。车厢里,摄影协会一位老师的手机播放着欢快的笛子独奏曲,悠扬的乐曲声中,诗友、文友、摄影家们不管走进这个车厢前是否熟悉,谈起龙江杜鹃的盛景，龙江杜鹃的风采和个人的观赏见闻时，毫无陌生感，那种久违的近似学生时代郊游的轻松愉快的感觉油然而生。这让深陷时间漩涡里的我们甚为欣慰：原来我们和大自然一样，一直没有老去。大家为龙江旅游历史开端的见证者而兴奋；为县委、县政府从战略角度出发，将旅游开发工作纳入到全县经济和社会发展的"十大工程"之一而兴奋；为龙江县丰富的旅游资源即将成为龙江最美的名片而兴奋。

素有黑龙江省首县之称的龙江县，物华天宝，人杰地灵，旅游资源十分丰富。最具代表性、典型性和原始性的哈拉海湿地，水肥鸟美花香，闻名遐迩；蜿蜒起伏、经历近千年仍风骨犹存的金长城，昨日的金戈铁马、大漠孤烟曾让这里成为兵家争夺的一片热土；古老的沙家街遗址，见证着古城从荒凉走向繁荣的每刻时光；鹤城第一峰的龙江朝阳山以及济沁河的溶洞，乃至极具达斡尔族特色的华民莫乎村库木勒节和蕴含萨满文化的龙江湖冬捕节……都将成为航天英雄翟志刚家乡——龙江县特色旅游的亮点，都将成为世人了解龙江，热爱龙江这片土地的最靓丽的名片。

春天，这个带着令人赏心悦目的充满光泽的季节，它的欣欣向荣本身就是丰富的。当我们的车队驶到龙兴镇新功村后山下，那铺满被老百姓叫作达子香的杜鹃花的粉红色山坡，就出现在我们视野的最远处。俗语说"望山跑死马"，我们绕过村子，一步步爬向那山坡，真是费了好大的气力。拿笔杆子久了的作家协会和诗词楹联协会的文友、诗友，早已被"天天向上徒步营"和"大美龙江户外俱乐部"的驴友们远远地抛在后面，连那些常年在野外拍外景的摄影家协会会员们，也只能在户外俱乐部的旗帜下,喘吁吁地加紧步伐行军般跟随。

我是跟着旅游局补给车上山的。比同行的文友早半个多小时见到沉寂了一年的杜鹃花。许是杜鹃有情,已是晚春时节,她们仍欣然炸开着,等待我们用文字和镜头来亲近。只一米多高的灌木丛被粉红色的花挤得满满的,眼见花开、甘心陪伴的树叶,翠绿翠绿的,嫩得像要滴出水来。走进花丛,俯身去嗅那花儿,感觉有一丝丝的香味,抑或可以称作青涩、湿润的味道,钻进鼻孔痒痒的,让人忍不住一闻再闻。就是杂乱的枝柯,也因花的绽放变得妩媚起来,薄薄的花瓣蝶般在风中扇动着叶片,惹得陪衬的树叶也跟着起舞。一丛丛一簇簇的花,丰满柔润,在风中低吟浅唱。穿梭在丛中拍照的我,总怕打扰她们的梦,更怕我身上的俗气侵扰到她的圣洁。与几个协会的文友们拍了几张合影后,我悄然走出那丛花山,站在山下,安静地远望……

看着在花海里徜徉的身着各色服装的人们,星星点点地游弋着,置身于天地间,融在山间花的怀抱里,仿佛感觉到在气势磅礴的生态流中,响起波澜壮阔的旋律。蓦地,我的耳畔响起了激昂的音乐声。我这才发现,我凝神的那会,身边居然出现了一群身着民族服装的青年男女。随着乐曲声,他们旋进了被游客围成的圈子里,欢乐起舞。一支曲子尚未结束,舞者已成群,来自大美龙江户外俱乐部的队员及齐齐哈尔、富拉尔基徒步营的营员们,也加入了演出的行列。在湛蓝的天空下,那个粉红的杜鹃花开的半山腰,一群近乎素不相识的男人、女人、孩子和老人们,忘情地舞蹈欢呼。我被这情景感染了,心潮澎湃起来,几次欲加入这个欢乐的人群中,终因旋动的人流无隙可插而不能。这边演出还未结束,那边拔河的队伍自发而成了。一时间歌声、呐喊声在寂静的山坳里回荡,在杜鹃花的海洋、歌声的海洋和欢乐的海洋中,小山沸腾了。安静的杜鹃花似乎也被这欢乐潮感染,花叶翩跹……

尽管因为时间的关系,我们没能走进金长城,没去踏访古沙家街遗址,但能和热爱这片美丽的土地、来自不同城市和不同家庭的三百多人,相聚在龙江,相融在杜鹃花的海洋,一起赏杜鹃花开,听春的脚步,我已经很满足了。流连着自然的风景,感慨着党的号召激发起来的千百万人建设大美龙江的梦想,我心陡然开阔起来。我在山脚下,脚下有路,绿茸茸的路;山在我脚下时,我头顶有天,湛蓝湛蓝的天。

杜鹃花盛开,大美在龙江。还是用一句唐诗来结尾吧:"杜鹃花时夭艳然,所恨帝城人不识。丁宁莫遣春风吹,留与佳人比颜色。"

2013.5.13

初夏近郊行

进入 5 月,县城早已花红柳绿,急性的女孩子穿上短袖衣裙,一个个像快乐的小鸟飞在街头,而我却感受不到季节的变化。今年春节假后刚上班,我就像个物件一样,借给宣传部。之所以说是借给不是借到,就是人不去宣传部上班,只给宣传部写稿干活。前两个月采访,第三个月在家写稿子。一个月的时间里,只在全县的母亲节比赛评委席上坐了半天,其余时间都在家埋头写字。不知不觉把一个好好的春就关在了窗外,任凭整天上班的家人和上学的孩子怎样嚷着初夏的炎热,我仍每天在屋子里裹着厚厚的春装。偶尔阳光好的中午,孩子午睡时间,我坐在阳台的椅子上,借着看报纸杂志的空儿,晒晒太阳。初中同学李金燕知我境况,周日电话约我去郊外挖婆婆丁,我毫没犹豫就痛快地答应了。

女儿高三,只休周日一个下午,出去只能在午后。女儿说下午室外温度接近三十度,嘱我必须防暑并为我选了下乡的轻便装,武装了一个凉帽、一副手套,在包里装上挖野菜的一把水果刀、一壶水、两个黄瓜、两片应急药和相机。两点,我准时在单位门前见到了金燕,在就近的站点上了去近郊的公交车。

公交车终点站是金燕的老家,她每年都来几次,熟悉环境。下车,她直接带我走进了村头稻田边的树林里。初夏的树叶娇小不张扬,树林也显得清爽,只有远望或者仰头才见得绿。树林很清静，只有三三两两挖野菜的妇女。我俩很快进入状态：戴上手套，一手执刀、一手拿方便袋，俯身九十度于地面成平行角度，在斑斑点点的绿中搜寻。天旱，婆婆丁颜色暗，且多在枯叶中。我很用心，但没有见到一株熟悉的影子。金燕见我一直猫着腰走，就在不远处喊：过来吧，这里有一片。我已近前，她还是不放心地蹲在那儿，用刀将枯叶拨走，露出静默在那儿一春的一棵婆婆丁。她边用手拨枯叶边叮嘱我：这一片没有二十棵也有十几棵，你挖完一棵不用站起来，蹲着转身就都能看见。我嘴里应着她：你挖吧，我自己能找着。

金燕留下我在这挖，她向稍远的地方继续寻。

手接触这深绿色等了我一春的婆婆丁，我心里生出丝丝悲凉。这个原来我记忆里鲜活的东西，不经意间被时光淹埋得没了踪影，我儿时和我带着女儿挖野菜的情形远得我够也够不着了。整日缠在我身边的生活的藤，捆得我无论阳光下还是阴雨中，都觉窒息。而我情感意识中，可以放松一下的一株蒲公英，都捉迷藏一样，让我费了好大的心思。倒是金燕的"过来吧，这里有一片"那句话，让我心里荡漾着暖意。当下，不抢、不夺、不争已算善良，能把自己的让给别人，她的原始、她的纯粹，就像我脚下的草和野花。"你不用站起来，蹲着……"对孩子似的叮嘱，更是久违了。现在我们的身边，除了亲人，还有谁能从你的角度着想，告诉你路该怎么走、事要怎样做？

午后的阳光真的很烈，不过没有阳台晒太阳的烤炙感，因为伴着烈日的是旷野里没有丝毫遮挡的风。风穿身而过，人变得舒爽、惬意起来。我渐渐在一寸寸地寻找中，一点点找回了儿时与小伙伴挎着篮子踩在温湿的土地上，向着一簇簇刚萌动的绿迸发,去寻找初夏的感觉。我也孩子般,每挖到一株,都成就感十足地看了又看塑料袋里躺着的那一朵朵绽着笑脸的小精灵。

开始还和金燕东一句西一句地聊,过分地注意脚下的婆婆丁,我从这一片绿向那一片绿、再向更远。再聊时,发现身边的是一位陌生的挖野菜女人。都是大老远来的同路人,没啥隔阂地闲聊了几句。她说,她们开了两台车,来了六个人,都是好姐妹。她是听说蒲公英能治疗乳腺病,才来挖的,不是为了吃绿色的天然野菜。环视一下周围的她的姐妹:清一色戴着凉帽、口罩和墨镜,凉帽口罩颜色各一,手套也别具一格。有或白或黑的绒线手套、有或红或粉的橡胶手套,而与我搭讪的这位居然戴着一副医用的一次性手套。想想我和这些人,真的有点好笑。大热的天,捂得严严实实的,怕吹、怕晒。当然,也都一定更怕围在钢筋水泥的笼子里,不然,不会开车跑到郊外来,只为这样不伦不类的武装打扮。

大约是一个月没出屋的缘故,毒花花的太阳,我有点吃不消,加上增生的腰椎和突出的腰间盘隐隐作痛,双腿肌肉也疼起来,我有些不支了。凑到金燕身边,找块石头,我俩靠着大树,吹着凉风,喝口矿泉水就一口黄瓜吃,竟然吃出了甜丝丝的水果味。

末班车是4点30分返程,我俩一路拍了几张照片,回站点等车。此时,开车来的人们有陆续往回走的,也有刚来的;近处稻田里撒着农药的夫妇机器人似的,相向而行,在胸前挂着的箱子里抓把药,臂膊弧状扬起,优雅和谐;林间支着小铁灶吃烧烤的两伙学生,兴致正浓,铺在地上的塑料布上,横七竖八地堆着啤酒瓶和饮料瓶。烧烤的青烟在他们身边缭绕,斜阳下,男孩女孩的脸都微红着,无忧无虑,暖意融融的。

  坐在回家的公交车上,有点牧归的感觉。坐车的人多是郊区下班通勤的工人,车窗开得很大,车里一阵阵欢声笑语。在屋子里闷了一个月的我,一下子卷进了一个充斥着喧哗的热闹的漩涡。我的心在起伏间跳跃,一时间疲惫全无……

2012.5.22

芍药花开

当我在错海林场一片盎然的翠绿中，与姹紫嫣红的你邂逅时，你仪态落落，妩媚而端庄地在风中娴静地绽放着。

站在这方浩大的、云霞般密实如团的芍药花圃前，仿若走进了《红楼梦》史湘云醉卧的那片芍药园。

与牡丹同属毛茛科的芍药，被称为"花相"，与被称为花王的牡丹齐名。相比牡丹，芍药虽少一丝富贵、差一点点雍容，但芍药却比牡丹谦逊得多。芍药不与牡丹争春，牡丹盛开的时候，芍药只是静悄悄地孕育着花蕾；牡丹花谢了，被文人们称作"殿春"的芍药才渐渐地绽放。

当冬雪刚刚在春风里消融，芍药就从地里像竹笋般钻出胭脂色的尖角芽，随着大地回暖角芽会一个劲地往高冒，长到尺许时，胭脂色的花胫由红变绿，伸展开缩在一起的掌状对生叶，没几天，就长成圆蓬蓬的一大簇。不经意间，叶的顶端渐次吐出一个个紫色稚嫩的花骨朵。忽一日，鼓起来的花蕾由红变绿形成了花萼。某个雨后，花瓣撑破了包着它的花萼，露出粉红色的花色。你越是着急看花儿，那些花瓣们越是害羞似的你推我搡，谁也不愿意第一个展开，圆圆的围成一圈。正如芍药的花语"情有所钟"那样，芍药是绝不会辜负你的等待的。待到春末的立夏过后，芍药花儿会在某个瞬间倏然绽放了。一朵朵芍药花俏丽得不得了，"金壶细叶"，尖尖的叶儿翠绿翠绿的，五颜六色的花瓣滑嫩滑嫩的,挑逗着你的每根视觉神经。

我就是在那些灿然的大朵大朵的芍药花逗引下,亲近这片芍药花圃的。

在浓绿的花叶掩映下,密密实实热烈地炸开着的芍药花,或红或粉、或白或黄,粉里揉着白,红里晕着粉。正面色深,背面色淡,花瓣背面由淡粉红,褪色到花边缘已经变成了白粉色,色彩褪的是那么的柔和、均匀。我敢断言,再高超的画家,用什么技法,无论是用中国画颜料中的曙红,还是用油画颜料中的西洋红,都难以调出芍药花那层次分明美轮美奂的天赋色彩。你看,那薄如蝉翼样花瓣,娇柔地围着花蕊盛开。单瓣如盘如盏,形似清雅少女,娇羞可人;多重花瓣,形如荷花,华贵艳丽,如浪漫丽人。再看那花蕊,一丛粉嘟嘟的雄蕊花丝挺立周边,雌蕊则静卧中心,其中,不知蕴含着多少清香和甜蜜。真可谓"春深芍药芳,窈窕有温香"。

草本的芍药不似木本的牡丹有强硬的枝干,比起牡丹,芍药显得柔弱,显得含蓄。难怪古来文人雅士都把芍药比作深闺少女,比作恋爱中的情人。早在春秋时期,青年男女就把赠送芍药视为爱情信物,就如现今的孩子们送玫瑰。

其实,芍药的淡雅风姿并不逊色于雍容的牡丹,她纯粹的丽质,远比富贵的牡丹更让人感觉甜美和温馨。不是么?在塞北这块神奇的土地上扎根的芍药,绚丽芬芳,用她一季的绽放,极尽牡丹的娇美,弥补着北方人赏不到牡丹的遗憾。

伫立于盛开的一簇簇芍药丛中,欣赏这些色彩迥异、仪态万千的风姿,我醉了!

人在花中,怎能不醉?

难怪，曹雪芹把史湘云动人的故事的场景放在芍药栏、芍药花荫，而不是牡丹园、月季园或者别的什么花园，或许，只有万绿丛中突显出来的迷人魅力的芍药，才能给人最美醉心的情致吧。

2016.12.2

秋登火台山

　　火台山,坐落在龙江县的龙兴镇,她不高不陡,不奇不险,除了当地人,知道它的并不多。记得几年前的春天,跟一群文友登过那个山,一山茂密不透风的树,印象极深,想象它秋天的样子一定很壮观,去看她的冲动秋风一样急。我知道,一岚的斑斓等着我。

　　秋声传来的信息,简洁朴素——叶雨纷纷。一路上,不时飘在车窗前的或黄或红的叶子,旋了再旋的样子跳街舞似的,塞北的秋,连落叶都这样豪爽。叶的洒脱让我很是羡慕,面对又一季的轮回,面对凋落和离去,我总是豁达不起来。叶舞的诗意,浪漫着我忧郁的心。离秋最近的就是这落叶,而离你最近的是我遇见你的心。

　　不用路标指引,透过车窗,我便知眼前被涂抹成五颜六色的连绵的山就是火台山了。迫不及待登山的我,挎着相机,边下车边武装自己——带上帽子、口罩和防风巾。迎着午后灿烂的阳光,我举起了相机。很快,远山近树,缤纷了我的镜头。登上火台山,融进五花山的念头催促着我,边拍照边磕磕绊绊向山上攀去。可是,刚走几步,钻进口罩的秋风就吹疼了重过敏红肿的脸,只一小会脸就涨得麻麻的,疼痛加剧,很快,头也跟着胀痛起来。为不让同伴扫兴,我把丝巾缠在额头,绕过脑后在脖子下系个死扣。或许同伴急于融入山色无暇顾及我装扮,我这海盗般的模样居然没被取笑。暗自庆幸的我,心里陡然生出一丝担忧:若因为登山,花草过敏加重,我中西医结合三个礼拜的治疗将前功尽弃,长相本就低调的我可真面临毁容危机了。然而,这念头刚挂在脑子里,就被秋风听见,她只轻轻拂了拂,那一缕恐惧就被吹远了。我加快了登山的脚步。

　　让我意想不到的是,10月下旬,在这草木生萧的时节,整座山很少有落叶。刚刚过我头高的着色过重的柞树,姹紫嫣红地迎风耸立在那儿,一股子刚劲。大抵恐落叶不解风情,他们用丰饶笑迎深秋。春风夏雨孕育的这些叶儿,如何在秋霜后仍恋恋地挂在枝头?没有飞扬的落叶,你让辛苦登上山来的我去哪寻找秋韵?多稠密的相思和眷恋,能让你忍着霜冷之痛还拥在一起?绿意盎然的心事,如此泛黄变紫,仍绯红着记忆。连飘落都要择期,这是怎样的情怀?与山下仰望的绚丽的树近在咫尺,我却不敢再触碰她们了。唯恐我的惊扰,乱了她们静默相守的心。从一丛丛树间穿梭,置身在五花山间,我的相机镜头转向了山下被黄绿相间的树掩映着的村落。小村安静地卧在山下,时而的犬吠和过往的机动车,抖落的音符般,敲打着小村的宁静。我索性抱着相机,坐在山坡上与安静的小村对视。

　　太阳不经意间向下滑着,不知不觉落到了远处的山间,大家嚷着该下山了。

　　来时不高的山,下去时却显得特别的陡。见我踉跄的样子,有同伴过来搀扶,我小心翼翼往下滑,失去重心的我不敢再拍片。专心中,才感觉到吸进的每一口气都是那样的清爽。我甚至几度停下脚步,只为多吸几口来自秋野的气息。一呼一吸间,我将阴霾放逐在秋高气爽的火台山上,让秋风中每一株树的每一片叶儿,把堆积在我心间的旧尘打扫得干干净净。一如,头顶那片蔚蓝的天。火台山,感谢你没负我!

秋野荒郊,零落不堪。秋风十里,我用盈满怀的爱守候一山无边的秋色。站在暖香萦怀的秋阳中的火台山下,我默默地摘掉口罩和帽子,展开双臂,以拥抱的姿态虔诚地感谢她。感谢她用一簇簇一团团的斑斓,在秋的眉眼,点燃了枫火,绚丽了整座山,灿烂了我一季的心。感谢她在我的一程山水里,与我安暖相见。愿吟唱的秋风吹下一抹眷恋,缱绻于怀,于下一个春天你我相约,再续情缘。

2016.10.28

没有蒲公英的春天

　　去年春天,依照我四十多年挖蒲公英的爱好,我于初春就早早地约了一位要好的同学去郊外挖蒲公英,欢天喜地将挖回来的蒲公英摘洗完,还没来得及品尝便遭遇了过敏。严重程度让有丰富经验的皮肤科专家吃惊,治疗也陷入了漫长的困境中。

　　从上小学就开始去野外挖蒲公英的我,无论如何不相信,与我大半生亲密的蒲公英就这样和我决裂。

　　没有蒲公英的春天,去哪儿再找质朴的春天记忆和少年时光,怎么再寻春的脚步和那伴着苦味儿的清浅幸福?于是,我挑战医院过敏源的检查结果,在经过治疗换成婴儿脸后,我再次尝试接触她,结果,我又经历了长达三个月的治疗,再换一张薄皮的脸。

　　我开始对我深爱的蒲公英失望。

　　对蒲公英的绝望,是源于入冬后一次感冒服用蒲地蓝片我再次过敏。三次过敏,我几乎没脸没皮了,不得不向蒲公英缴械投降。

　　我笃信,没有蒲公英的春天,一定会暗淡、潦草得一塌糊涂。

　　又一个春天来了,过敏的恐惧淹埋了我对蒲公英的怀想。我的春,没有了着落。许是上天眷顾我怀春的心,早早地,杜鹃花就开了。而且,是浩大的盛开。

比往年早开四五天的杜鹃花,让龙兴镇的整座杜鹃山成为宠儿,惊艳了杜鹃山,也倾倒了整个龙江县和周边地区的人。那几天,草木还没开始抽芽吐新,塞北的旷野一派荒凉,没有桃红也没有鹅黄。整座褐色的山上,唯有春风中一簇簇枯枝上盛放的薄如蝉翼的粉嫩杜鹃花铺满了整座山。那一簇簇粉红的清凉,在山坳下飞扬,每个枝杈缀满的花蕊,约好了似的一个个幽素清雅地开着,争先恐后张开笑脸的花儿,一下子拉开了春的帷幕。热热闹闹登场的除了这花儿,还有从四面八方赶赴春之约的人们。

年年岁岁春相似,岁岁年年花不同。

尤其今年,当地政府不但在山腰建了停车场,连赏花的甬路也铺到了山顶,新建的翠绿的心型花架也让自然的杜鹃山有了人文的艺术符号。山上那些错落的蒙古包和山脚下的农家乐,彩旗飘扬极尽招摇,逗引着下山渴望饱腹的人们。

不管看花的环境和条件怎样,我知道杜鹃花就在那里等着我,我不忍辜负她的等待。这几年,每年杜鹃花开的时节,我都在旅游局的安排下,跟文联几家协会的文友们一起奔赴杜鹃山,每年邂逅杜鹃花,都有不同的心境,但赏花的心性是相同的。我尽量不错过每一朵在北方迟来的春天里装点春色的杜鹃花,就像我不想错过每一季每一天的遇见。

花开无声,却胜过吵嚷尘世里舞台上的歌声,怡人情;花落无语,散落在风中的花儿动人的舞姿,香如故。

早春,这些不与百花争艳的杜鹃花,用她的落花迎接枝上吐绿的叶儿,在即将开始的花事泛滥季节隐退的杜鹃花,用她不足半月的盛开,恬淡着每一个渴盼春天人们的心绪,温润着早春的每一天。

杜鹃花,以她寒凉中的盛开,让我的心盛满春光。

没有蒲公英的春天,因有杜鹃花的灿烂,春色不浅。

2017.5.3

初夏,在水岸

  初夏,在略有潮湿土腥味的树林里,苏醒的树木在微风中扇动着它嫩绿的叶片,簌簌欢迎我。仰头走在林间,头顶葱绿的硕大伞盖嵌在了湛蓝的天幕上,洁净得令我窒息。它的纯澈、鲜泽猝然拨动了我的神经,在这幻念勃发的瞬间,我突生愧疚。如果这里的每片叶子知道我是病愈后只为去发达水库看水,偶然驻足与它相遇时,会不会生出一丝悲哀呢?从包里掏出手机,站在排列整齐的树林间,我今生第一次自拍,为我生命中有机会和这自然里的生命一次深情地对视,为相互注视后我的自我思量:如果心里时刻有树的蓬勃,只要精神明亮,生命完全可以被赋予新的索引,新的知觉,新的闪念与希望。

  在与那片树林频频的回望中,我走近了发达水库。此时,已经有许多车辆停在路边、房前屋后,许是我们的马达声吵醒了寂静的那潭水,刚刚还是和煦的微风也涨了势头,张扬起来,推着水浪涌向岸边,冲得岸边细沙也唱起了高高低低的小曲。匆匆下车登船上岛的一群群男男女女,像是赴约一样,嘈杂着挤上了生锈的铁皮船。被遗下的一拨人,三三两两走向水岸。我有些不太适应这熙熙攘攘,丢下这些嬉笑着上船、玩水、拍照的人们,我独自在堤岸下沿着海岸样的河滩向水库的北岸走。水库面积大得像视线不可及的海,那粼粼的波光在午后艳阳下灿灿地如洒下的珍珠,闪耀着点点的光芒。说来真有些遗憾,三四次来发达水库了,却从没这样静心地看这汪肥美的水——水清澈得可见水下石头的颜色,枯腐的水草被水浪裹挟在细细的沙石上,弃儿一样丢在那儿,又宠儿般被下一浪携走……我蹲下身,小心翼翼地把双手浸在水里,然后用力按下去,十指在水里惨白没有血色,我按下去的手印顷刻间被水浪冲过来的细沙填平。我不甘,再按,仍如是。我放弃了。试图在这浩渺的水岸留下印迹的我猛然醒悟:光阴确似这流水,无情地冲刷会让一切有生命的痕迹或淡或消失。也就是说,有些东西不是刻意留存就可以留下的。如此,烦恼忧愁、疾病和痛苦,我们为什么非要放在记忆里呢?

　　跟同伴驱车来到水库的南岸。下车走近时,刚才北岸的那份静谧全然没有了。许是这里的水深的缘故,也或许是此时风力加大了,浑黄的水在风野蛮的推搡下,一股股涌过来,凶巴巴的样子很不友善。有枯草枯叶和没有了鱼头的死鱼残留在水边沙石上,满眼的残败。水潮声并不大,仍可依稀听见水中央船上人们谈笑声,我们走进岸上荒滩的小树林。草丛里到处是大朵大朵的婆婆丁,往日坐公交车特地去郊外挖婆婆丁的我,今天却没了兴致。凑到伙伴身边,像儿时那样挤坐在草地上,一起听风吟鸟啼,看蝶舞鱼跃,聊日子、谈生活;话童年,忆往昔。融在自然中,人也回归了原始,不设防的交流,让在水岸上倾心的我们,从没有过的贴心。

　　风,不知不觉小了,起身走出那片小树林。午后的暖阳洒在水面上,闪着熠熠的光。我的心一下子明亮起来。那粗糙、奔劳的日子里,无数霉晦、懊恼和沮丧,都在初夏这水岸清爽的风中消散了。放眼蓝天下那片辽阔水域,心也跟着开阔起来。我想,未来的美好,就像这片神奇自然的风光一样,会在不远的前方静静地等着我吧。

2015.5.25

醉在朝阳山

那日,和"第二届朝阳山露营大会"的两千多营员走近朝阳山,值雨前。朝阳山上,远处的天空挂着大片大片的黑云,低得似乎触手可摘。然而,缭绕弥漫于山间的,却是炊烟般乳白色的雾霭。天阴着,地暗着,雾亮着。

棉絮样的雾丝绦般缠绕在山间,葱郁的树,被薄雾笼罩着,隐隐的,像舞台烟雾机效果下的背景,如幻如梦。那一刻的朝阳山迷蒙得有些空灵。这山,浸着沧桑,分明是从亘古的烟雨中踏浪而来,站在鲜活的大地上,用植骨的脊梁,堆垒起的秀色。

目光一点点掠过主峰、连绵的山脉、侧峰、浓郁的山、翠绿的庄稼地,抬眼、低眉,除了绿还是绿,绿的有些固执,有些单调,有些深沉。自然,就这样地在风中、雨中安静地等待,等待人们的踏醒,人们的粉饰,人们的吟诵。

依自然而生的人们,从不辜负大自然的恩赐与期许。在朝阳山一树一草,一花一石的热盼中,"第二届朝阳山登山节"如期而至。阔别一年的花草,风中摇摆着婀娜的舞姿,笑迎八方来客。许是人们急于亲近朝阳山,许是人们想尽快装扮朝阳山,许是人们想唤醒朝阳山,我和几位工作人员指引着同车来的富拉尔基尖刀连驴友签到后,刚找到自己的工作台坐稳,眼前就生出了五颜六色的几十顶帐篷,如破土而出的蘑菇,红的黄的,蓝的紫的帐篷,就在绿茵茵的草地上探头探脑地站在那儿。阴暗的天空与这艳丽的帐篷对峙着,长久地。雨挑战似地不失时机地来了,来看斑斓的帐篷和帐篷外惬意地放着风筝的人们;来看摆着各种姿势拍照的人们;来看身穿彩衣在山间歌舞的人们。朝阳山因了这色彩,这欢腾,雨中也不寂寞。

早上出来时,因匆忙忘记带照相机的我,掏出手机对着各式各样的在空中起舞的风筝按动快门。刚拍了两张,部里的丽红就打进电话来,说她在我们报到处旁边摔倒了。赶去救援的我,也被弄了一身的泥巴。窘迫的我们才真正相信大自然在考验我们这些征服它的人们。

午饭,我们是在朝阳上下的龙兴山庄吃的。大锅大灶,烀茄子土豆拌生大酱、炖豆角、煮咸鸭蛋、凉拌黄瓜。地道的农家菜,把同来的各地那些斯文的记者们吃得直拍肚皮。传会和丽红都跟我在灶房帮忙,等我们吃完,第一批上山的车已经出发。等车间,我有幸与其他几位同事,参观久违的龙兴山庄。山庄比六年前我陪着市作协领导参观时有了很大改观,重新布置的休息室,添置了电视和娱乐设施,既有乡野的朴素,又温馨舒适。由于时间关系,我们没登山上的亭台,三三两两地走过栈桥,在小木屋的周围采野花采蘑菇。湍急的济沁河打着漩涡从小木屋前流过,站在河边,这条不过百米宽的济沁河,却因其浩浩的水势,让我们有了磅礴的感觉。

午后的朝阳山,雨仍淅沥地下着,主峰和侧峰指挥中心间两侧帐篷,比我们中午下山前多了十几倍。来自齐齐哈尔、扎兰屯、富拉尔基等地的户外俱乐部的驴友们,各自在自己的营地包饺子、烤羊肉、炒菜、涮火锅、吃熟食、喝烧酒,热热闹闹地直到夜幕降临。6点30分,第二届朝阳山露营大会篝火晚会正式开始了。37个驴友团队推选出的28个精彩节目,将在这个舞台上陆续上演。天渐暗,璀璨的灯光下,原本互不相识的各团队的驴友们,手拉着手,摇着旗帜在舞台上为歌者伴舞。舞台下,县委王书记手持主火炬点燃起了三堆篝火,熊熊燃烧的篝火,也瞬间燃起了营友们的激情,两千多驴友和两千多县内外户外爱好者,除了观看演出的,都围着篝火载歌载舞。对面山顶指挥中心两侧的礼花也在这激情时刻绽放,满天的礼花让野性的朝阳山一下子柔美起来。舞台上嘹亮的歌声,与篝火旁狂欢的人潮,沸腾了朝阳山。此时,没了虫鸣也听不到自己的心跳,置身于朝阳山上,如行走在节日的不夜城。

　　雨又下来起来,越下越大。在舞台侧面帐篷里的文化馆砚君馆长开始担心雨中演员的安全了,我俩作为节目组的负责人,决定停止演出。谁知刚提出来,就被驴友们拒绝了。他们极力地说服我们的同时,又央求音响师继续按顺序播放音乐,用恳切的语气跟灯光师说:就给我们两组灯,能看清舞台就行。最后几个节目,往往是台上一个演员唱歌,两个人在旁边打伞;台下,三个观众打着一把伞在看演出。歌声穿过雨幕,感染着那些走向帐篷的驴友,他们停住脚步,在大雨中面对舞台挥着队旗高声呐喊……

　　听着守着篝火等待熄灭的公安干警激昂的军歌,我和演出组的工作人员陆续离开舞台。去指挥中心的路上,每个营区的帐篷外都高挑着彩灯、队旗和彩旗。灯火通明的帐篷内,歌声笑声一浪高过一浪。那晚的朝阳山醉了,醉了的朝阳山一夜未眠。

大概是多年来来朝拜朝阳山的人，在山顶捡拾石头堆起的敖包饱含着太多的祈愿；大抵是秀美的朝阳山灵气相照，第二天一大早，太阳早早地露出了笑脸，等待着登山选手和山地自行车选手的热身。上午9点整，在市体育局领导的发令枪声下，龙江县第二届鹤城第一峰登山比赛和山地自行车赛开赛了。看着身着红色登山服的选手扛着大旗争先恐后地向朝阳山顶进发，我心也跟着攀援。走进自然，走进朝阳山这天然的氧吧，浮躁的心被清新的空气侵浸得异常舒畅；疲惫的身体被向上的激情激发得有了斗志。朝阳山，你没辜负我们脚步的走进，没辜负我们心的贴近，醉在你的怀中，美在我们心里。

2013.8.5

靠改革焕发生机

原本是接到聚焦大项目的采访通知,但被安排到县工业企业的代表单位——黑龙江省龙江电气集团有限公司。记得三十年前我上小学家住平房时,用的就是"龙江牌"的吹风机。现在别说县城都拆迁盖楼房,就是乡镇也都在搞小城镇建设、泥草房改造住楼了。生产吹风机、引风机为主的老企业,产品还有市场?靠什么生存发展呢?

一路的疑惑,直到车进龙江电器集团总部的院子里,我仍揣在心里。出来迎接我们的是电器集团的朱清发副总经理、销售部的甘经理和管理部部长沈海英。见到这三位质朴的、工人模样的集团高层,我心里倍觉亲切。落座后他们的自我介绍,让我心里揣着的疑惑加重了。老企业、老工人、老产品,如何让企业生存下去并焕发生机与活力?我期待着他们的答案。

朱副总经理介绍说:我们的企业,是龙江县传统产业的代表,也是咱龙江县唯一的一家本土企业。集团前身是1956年成立的龙江县白铁社,曾先后改名为五金白铁厂、电器厂、电器总厂。2002年在县委、县人民政府的帮助下,进行了产权制度改革和资产重组,组建了具有经营层控股的股份制公司。现有飞龙电器公司、泵厂和飞天防盗门窗厂,三个公司(厂),拥有618名职工,总资产3400万元。年生产80万台(套)小型家用电器产品,销往全国23个省、市、自治区。公司生产的民用和工业用吹风机、引风机、水电农用泵、单项和三项电机、防盗门窗等8大类100多个品种中，尤以吹风机历史最悠久最畅销。"龙江牌"系列吹风机，早在1983年就被评为黑龙江省优质产品，1997年被评为国家免检产品。不仅被评为"鹤城老字号"，而且还一直稳坐全国吹风机、引风机全国销量第一的宝座。别看我们企业现在没有那些招商引资来的企业大，过去可是全县的纳税大户呢。从1980~2008年，连续28年利税超百万元，曾经为县域经济发展做出过重大贡献。我们的产品销量之所以现在仍占据全国第一，靠的是质量，靠的是信誉，靠的是上下同心，靠的是改革。

搞技术出身的甘经理接过话茬：对，质量是根本！现在，小手工的机电企业很多，他们靠成本低抢占市场，质量，和我们比不了的。如果没有叫得硬的产品质量，我们龙江电器集团这老字号不会稳保市场销量领先的位置。至于信誉，就是在保证质量的同时，树立并维护我们自己的品牌，横下心来克服困难打假。接下来他和坐在他身边的沈部长，给我们讲了2009年电器集团在陕西和黑龙江两家电机厂，历尽千辛万苦持续了一整年的打假维权经历。

打假，常在电视里看到的法制案例，居然实实在在发生在我们身边。但那一刻，我没有丝毫的新鲜感和兴奋感，这两个打假故事，听得我心里涩涩的酸酸的。行业的残酷竞争以及时刻不存在的风险，让企业在求生存的路上，时而阳光时而雨。

都说改革是生存发展的必由之路，可不是所有企业都能经得起改革的动荡之痛的。改革以人事改革为先，"能者上庸者下"。可多公平合理的人事制度改革条框，都是要人去执行，只要有人，就有情感在，经营者和决策者煞费了苦心。尤其是经营层控股的股份制公司，既不能任人唯亲，又不能搞行政僵化的那一套。留住人、用好人、管好人，千方百计吸纳人才，是用人机制的法宝。能将办公室的70名行政人员，精简到15人。电器集团是经过五年的三次"大地震"才完成的。办公室人员削减了，少了吃闲饭的人，可车间的工人如果不削减，同样也会增加产品成本。几年来，几个分厂的车间工人，逐年精简加上自然减员，已经从过去的1000人，固定到现在的只有400人。从这个令人瞠目的数字不难看出，当初这个企业改革时遇到的困难有多大。但为了生存和发展，公司坚持改革的决心没有动摇。对精简下去的员工，公司及时发放政府经济补偿金的同时，还以人文的角度最大限度地给予关怀，使人事改革获得了成功。事实证明，正是改革这条路，让老企业卸下了大包袱。轻装上阵，才有了今天的展翅飞翔。

产品更新，也是企业改革的重头戏。吹风机和引风机等一些机电老产品，在国内的老区及边远地区还占有相当大的市场，但没有研发改造，企业活力得不到增强。为此，电器集团下大气力培养研发人员，鼓励技术开发。从生产工艺入手，将浪费人力资源的笨重手工艺赶出生产线！经过几年的多次的技术改造，从人工装线到自动下线；从手工刷漆到机器喷涂；从一个人从头到尾的手工操作，到流水作业自动打包。企业的管理者深深感受到：节能减耗，就是增产增收。为适应市场需求，更新换代开发新产品，开拓新市场，是这个集团研发人员时刻装在心里的大课题。新投放市场的轴流和排气扇，就是这个企业近年研发的专利产品。

销售制度的改革,也是电气集团抓营销的一个新举措。为了提高销售人员的责任心,公司制定了销售业绩和返修品挂钩的销售人员奖励制度。以此来把控产品质量和提高销售人员积极性。每年年初,公司都在做了市场调研后,给销售人员核定指标,年末根据指标设立星级销售员奖……

不懂企业不懂经营不懂管理的我,在他们三位介绍完企业情况后,在龙江电气集团会议室里,我在自己采访的笔记上,写下了这样两句话:产,严把材料进货关和成品质量关;销,树立责任心和责任感。把企业最大化的效益,变成员工最大化的利益。——龙江电器集团的生存之道。

车开出厂区,我还在想:现在的他们,没有招商引资企业的优惠政策;比不得个体私营小企业的低成本高效益;产品又没有新兴产业那样可观的市场前景。然而却仍焕发着勃勃的生机,靠的就是经营者的心智。靠的就是改革,在改革基础上提升企业发展能力,从而保持住产品质量、信誉。当然,这一切也离不开龙江县政府的政策扶持和电器人对这个老字号的爱。

2012.5.23

到群众中去看群众路线工作法

在群众路线教育活动中,龙江县有个了不起的创造,就是县委、县政府把为民、便民的工作,总结、概括为"1+3"群众工作法。通过创建1个平台——"群众之家",实施3个机制,——"民情下访、民事代办、民生下线"新渠道。按着"群众即是家人"的理念,本着因陋就简、节俭支出、方便群众的原则,建设了各具特色的群众之家,使基层的公共资源向群众开放,实行亲情式服务,让干部为群众"端茶倒水",当好服务员,拉近了党和政府同群众的联系,增进了干部和群众的感情。曾经的"干部动动嘴,群众跑折腿"的现象被"群众动动嘴,干部跑跑腿"所取代。农民眼里的"政府"和干部,时刻就在农民身边。大到土地流转、兴业办厂,小到缴费取款、跑腿学舌,群众之家的建立彻底推倒了党和群众的隔心墙,服务型党组织转变了干部作风,也让党与人民变得更加心贴心了。

为深入推行"1+3"群众工作法,县委组织部召集了文联各协会的骨干作者,通报了全县"1+3"群众工作法的大致情况。我们在会上了解到——全县已经在县政务中心和乡镇建设了大厅式、窗口式等各具特色的群众之家15个,构建了群众之家、服务窗口、代理中心"三位一体"服务群众的新格局;在社区、村级和农林牧场等基层党组织,参照乡镇的设置规模,利用文化活动站、农家书屋、党员活动室等服务场所,分别建立了居民之家 8 个、农民之家 157 个、农工之家 7 个。组建的这个来访接待、法律维权、民事代理等专门的服务群众工作机构后，全县共代理代办 33160 件次、兴办农民专业合作社 808 个，为群众节省交通、食宿、隐形支出等费用 1200 多万元，并为群众节省时间创收 5800 多万元。通报会后，县委组织部专门组织文学爱好者对"1+3"群众工作法进行参观，我组织文联各成员协会参与了此次活动。

活动第一站是龙江镇的青华社区居民之家。这个由龙江镇投资兴建的三层楼，有 1037 平方米，本着小办公大服务的原则，只设一个办公室。一楼是民政、计生、劳务等便民办公大厅，二楼是棋牌室和体育健身娱乐室，三楼是书法绘画、摄影室、老年大学、科普大学教室、电子阅览室、党员之家和远程教育终端站点……不管是悠闲地在跑步机上跑步的妇女，还是在棋牌室打扑克下象棋的老人，抑或跳拉丁舞的一对对退休老人，看上去那样的安逸闲适。我上去问那位跑步机上的阿姨是不是天天来这里健身，她用不容置疑的口吻说："社区给我们免费提供这样好的环境和这样先进的运动健身设备，大家都争抢着来呢，这个居民之家哪天也不少于 200 人来活动。这里没有风吹日晒，还能享受大城市高级俱乐部的健身待遇，俺们心里美着呢。你不知道啊，社区的工作人员，每天把开水都烧好了，等我们来，比自己家孩子照顾我们照顾的都好啊。"是啊，青华社区用他们对待居民的十（实）心，把这里建成了真正的居民之家，让居民们在这里找到了家的感觉，体会到了家的温馨与舒适。

最使我感动的是山泉镇的群众之家。一进山泉，就在街道或楼体见到许多标志便民服务中心办公地点的指示牌。山泉镇的群众之家办公面积不是很大,但五脏俱全。凡涉及到农民切身利益的乡建、土地、房产、计生、农合、经管、城乡居民养老保险、畜牧水产、农机等,囊括行政审批、公共服务和便民服务20类63项利民便民服务都在这里。我们去时,正赶上两位农民在那里咨询农合报销的事。我和同行的文友雨荷凑过去听,让我们感到意外的是,这位工作人员不但详细地讲明哪个级别医院住院报销的比例,哪类药品算一类药,哪类药算二三类药品,甚至还针对咨询者要去诊治的病情进行分析,列出几家中医、西医治疗医院和中西医结合效果好的几家医院给咨询者,并不厌其烦地将曾经在哪家医院就诊过患者的名字、联系方式写给咨询者,让咨询者跟他们联系,以便参考。在我们眼里,这完全是工作职能外的事,工作人员却做得那样的自然那样的理所应当。看着两位咨询者带着笑容满意地离开,我心里也升腾出一股暖意——在群众之家,干部就是群众贴心的朋友和亲人。

在山泉镇平安村,我们参观了村农民之家。村代办员和我们讲解代办流程——农民将要办的事跟代办员说清楚,然后填单:存放的要件必须一一登记,代办点要每人一档,农民只需拿着登记存根回家等消息,代办点的工作人员每周一二去镇里按所办事的部门分别办理,镇里在审查完要件后,出一份回执贴到原件后面,办完事情后,由村屯代办员将原件和办理后的证件送达农民手中,农民只需在登记本上签收即可。我们翻看一本本来自全村13个屯代办点和代办员的代办记录簿,听着如此严密的收件、办事、送达程序,我感到他们的缜密和细致似乎超过了银行每笔业务的程序。83岁的赵金枝老人需要办理新一代身份证和一卡通，卷宗里标注的是接受老人原始要件的登记，后附的是最后送到老人手里新身份证和一卡通的签字；还有某家和某家因半垄耕地纠纷，农民之家调节员解决的记录；某队的村民某某农合需要报销……一个村级组织，能做到小事不出村、大事村代办，真的是心系民情，服务民生的亲情举措。

大概是和我工作性质有关，我一直觉得农村工作很琐碎。能把百姓的近乎吃喝拉撒都放在心上，用心用情去做的党组织该有多大的压力？揣着这样的质疑，我和大家一起走进了景星镇超越玉米种植合作社。这个拥有1.5万亩土地，387户社员的合作社，融玉米种植与农用机械于一体。我们看到合作社院外，堆起了山一样的玉米垛，争抢着爬上玉米堆去拍照的文友们，一脸的兴奋，红红的脸蛋在金灿灿的玉米映衬下，格外好看。兴趣盎然的人们刚到景星镇的群众之家，就被这里的氛围再次激发出激情，原本该听介绍的人们，居然三三两两自然组队参观起书画之家、摄影之家、文学之家……更有心急手快在民事代理代办中心开始采访来办事的群众了。在这个"思想上尊重群众，感情上贴近群众，行动上深入群众"的群众之家，看着这个中心休息区放置的便民服务卡、饮水机、沙发、报刊架、小药箱和雨伞；看着办理大厅工商、国土资源、农机管理、新农合等15个为民服务的工作人员微笑着为办事群众端上的热水；看着办公点都在有条不紊地办理各项业务，我路上的疑惑解开了——服务型党组织就是把群众的事当责任与义务，这就是他们每天的工作和职责。在他们眼里，群众的事无小事。只要群众需要，党和政府会随时提供必要的服务。责任、义务、服务，让群众成了社会的主人，相对应的公仆便是我们的党和政府。

  出来采风前，如何用文学的角度解释1+3群众工作法，如何用文学的语言来描绘1+3群众工作法，一直困扰着我。然而，当我问及城建接待点那位71岁、来自景山村办理危房改造的老人，来政府办事心里感觉怎么样时，他摘掉戴着的老花镜，晃着手里工作人员发给他的那份表格说："来这我看不到一个官，看到的都是勤务员都是公仆。"这一句话胜过所有文学语言的修饰；这一句话，就是诗就是情就是爱。不知道为什么，听了老人那句话，我眼角瞬间潮湿了，许是为政府心里装着百姓、为百姓眼里爱着政府；许是为老百姓心里升腾的对党信任的信念吧。

  一天的参观，我只是走走看看，我看到仅仅是在全县"1+3"群众工作法铺开的半年里，接待群众74.9万人次、为群众提供法律服务1235次、化解群众矛盾2681件次、为群众解决实际问题19230件次的沧海一粟。我了解到的，仅仅是全县4200名党员干部与13450户群众结成包袱对子，深入基层27.5万人次、现场办公4765次，解决实际问题18450件的一两件。然而，作为一名干部，一名党员，一名文字工作者，我为自己参与"1+3"群众工作法感到骄傲与自豪。我曾是"1+3"群众工作法的践行者和受益者，也将是龙江县"1+3"群众工作法的歌者和颂者。值得鼓与呼的密切干群关系的"1+3"群众工作法，必将在党的群众路线这条阳光大道上熠熠生辉。

2013.10.25

色力村的多彩梦

　　暮春时节,树刚染上绿色,走在乡村路上,路基下细嫩的草儿尚未铺陈,偶见路边丁香花蕾初绽,虽在春光中,却少些盎然。直到车渐近华民乡,路两旁白花花的一畦畦水田里有农人在耕作了,春,方在心头多了一丝亮色。

　　因备春耕生产稍偏我们此行的主题,饶有兴致想看插秧的几位文友也不得不一步三回头,跟随华民乡两位王氏书记和乡长驱车赶往精准扶贫基地——华民乡色力村畜牧场屯。这个龙江县玉涛獭兔养殖农民专业合作社是2014年3月成立的,占地1.5万平方米,是五处养殖点最大的,獭舍面积2400平方米。同行的女文友多半是第一次见到如此多的雪白的兔子,惊喜地掏出手机争相拍照,没谁嫌弃兔舍的气味难闻,也没有谁顾忌高跟鞋踩上兔子粪便,各种角度抓拍,一张张雪白的胖乎乎的形态各异的兔子就定格在了手机里。越拍越高兴的几个人,起初还怕惊扰兔母亲怀里的兔宝宝,可当看到兔宝宝睁着可爱的红宝石般的眼睛时,便禁不住诱惑,又是拍照又是录像的。陪同我们的乡领导,微笑着示意同行的乡里宣传委员房蕾帮我们拍照,然后就默默地、成就感十足地站在我们身后,直到我们拍累了停下来,才跟我们介绍合作社的情况:这个合作社的董事长叫房玉涛,曾自费到哈尔滨、河北、山东等地系统学习獭兔的饲料配置、疾病预防、配种繁育、统一饲养管理、统一销售的经验,他们的兔肉统一销往齐齐哈尔、大庆、吉林;兔皮销往河北的皮革厂。按照兔肉每只市场价格30元,兔皮每张30元,入社的5户11名会员年9万只存栏商品兔,可实现纯利润450万元。2016年,我们乡政府注入玉涛獭兔养殖合作社扶贫发展基金79.6万元,带动173户,344人;2017年,富裕了的合作社董事长不忘初心,投资了100万元,在乡政府的助力下,与河北昌达农业科技开发股份有限公司联合发展彩色獭兔事业,引进了1000只彩色獭兔种兔,带动贫困户168户,339人……

"彩色獭兔?就是商场里卖的彩色獭兔大衣原料的彩色獭兔?"还沉浸在大白兔喜悦中的几位文友,被新的话题吸引着,惊喜地发问。

"没错,就是不用染色的自然彩色獭兔"。合作社董事长笑眯眯地说:"下一栋兔舍就是彩獭的兔舍,去看看就知道了"。

没用乡领导和董事长带路,几位文友直奔挂着"精准扶贫彩獭舍"牌匾的彩獭舍,几个人几乎是同时挤进去的。

笼子里一只只褐色的毛茸茸的獭兔,憨态可掬的样子,若不是我们走近,它灵活的跳动,我还真以为它不是獭兔而是小棕熊呢。

乡领导站在门口,耐心地等我们拍完照片,指着另外一栋正在建设的兔舍跟我们说:"那面是这个合作社利用精准扶贫基金,投入24万元新建的340平方米的彩獭兔舍。"走进新建的彩獭兔舍,见兔笼下有几米深的坑,一向觉得懂农业的刘副主席目光充满疑虑,乡里王书记看出了他的疑问:"这个技术是合作社在北京东平獭兔公司花大价钱买的技术,下面那个是发酵床，兔子的粪便直接在发酵床上发酵，第二年清出这些发酵的粪便便是生物肥，这样不仅减少了劳动力节约了成本，减少了污染，还产出了大量的生物肥，是今后养殖业的一个方向。"

一周多的时间，我们一直在乡下采访各乡镇精准扶贫的有效措施和创举，和那些精准扶贫户一样，我们也特别希望精准扶贫措施得力且具有延伸性。华民乡引进的这1000只订单彩獭种兔，年可出栏彩獭5000只，销售收入达550万元，带动贫困户致富，无疑是一个有延伸性的产业脱贫致富好项目。

走出合作社的大门，一路上眼前晃动的都是一笼笼活泼可爱的獭兔。那几千只跳来跳去的彩獭，何尝不是色力村人的多彩梦呢。

2017.5.17

后　记

与上一本集子出版,相隔了六年。

六年间,我没停过笔,但我的文字多半仍停留在我身边的琐事里。因此,我也曾无数次心怀愧疚地自责。

"文学本就是生命的冲动与慰藉,文学的美学也与生命的瑰丽相关"。而我的文章仍脱离不掉小女人的影子,尽管我已跻身生活的深处,却没能将灵魂密室里那些盛大与斑斓描绘出来,我的文章找不到与美学抑或瑰丽相关的价值。由此,我为当下快节奏里匆忙的人们停下来读我的文章而心生歉意。

我愧对读者。那些认识或不认识我的人,并不一定在我的文字世界里得到体恤时光的人生况味。愧对读者的同时,也有些对不起那些和我一起执笔前行文友们一路的呵护与鼓励。但用一颗诚挚的心去写字的初心我一直坚守。我的文章里虽然少了些政治情怀,少了些悲悯世界的格局,却是人性初始的视角与感怀。借用季羡林老先生《我是怎样写散文》里的一句话:"收在这一个集子里面的文章写的几乎都是这样的身边琐事。我的文笔可能是拙劣的,我的技巧可能是低下的。但是,我扪心自问,我的感情是真实的,我的态度是严肃的;这一点决不含糊。"我的创作也是这样,每次与文字交付的时候,都是在最美的时光里,将心绪敲击成带着爱的体温的精灵。怀着一颗素心,款步徜徉在光阴温良的水泽,心底自生一份优雅,纷扰自退。一直以来,我的创作没什么成果,而内心和灵魂却因文字变得丰饶,写作给了我正确的思考方式,给了我一个比较好的生活态度。

我很庆幸自己的幸运,无意中结识龙江籍的省作协会员李贵前辈,热情的只一面之交的李老前辈,又将我即将出版的散文集文稿送于省内著名作家门瑞瑜先生,请德高望重的门老为我这个小作者的文集作序,这份鼓励,对我是莫大的。而未曾谋面的门老对我文章的过誉,更令我忐忑、惶恐。门老对我创作提出的期待和努力方向,则成为我在未来的日子里,踏踏实实写字,老老实实努力的思想基础。我会尽力不辜负文友的鼓励,前辈的期望!

红尘,有太多茫然,我只愿在简单朴素的生活闲暇,把琐碎的点滴安放在文字里,丰盈渐老的岁月。在阳光中微笑,生命里忠诚。做一个最从容不迫的过客,一路踏歌而行。

后 记

在路上

行走在尘世的风霜里

捧一颗素心

怀一份执念

沉浸于飘香的墨海

把草的理想长成一棵树

为前行的路

遮蔽一米阳光

撑起一片蓝天

在路上

携一缕情思

拥一段情缘

放进行囊

游走山水间

将水韵山黛霜叶落花

化作一阕怡情的诗行

种进心田

在路上

披一身霞光

执一份坦然

与这个世界脉脉相恋

将散落于生命中的喜怒哀乐
苦辣酸甜
明媚成恬谧的春天
将一世风情半生沧桑
温婉成一抹绚烂

在路上
盈一怀暖阳
书一笔清远
用心灵的花蜜
将苦涩酿成甘甜
艰难中的吟咏
病痛时的轻叹
在文字的城堡
筑起爱的港湾
让梦里梦外的哀愁
从此烟消云散

在路上
用文字照亮前程
用艺术将人生点燃
任道路曲曲弯弯
任足迹轻轻浅浅

后记

在月亮天池许下心愿
在小荷尖收获喜欢
在山巅看摇动的经幡
在水岸数似水的流年

没有春花的柔美
没有夏荷的清丽
没有秋菊的娇艳
甘做一枝雪中的梅
把苦寒长成风景
让寂寥开出笑颜
哪怕在墙角路边
也会静默绽放
笑对人间

陈雪梅
2017 年 11 月于龙江